岁月
未曾抵达

YEARS NEVER
COME

王继怀

著

南方出版传媒
花城出版社
中国·广州

图书在版编目（ＣＩＰ）数据

岁月未曾抵达 / 王继怀著. -- 广州 ：花城出版社,
2019.10
ISBN 978-7-5360-8985-3

Ⅰ．①岁… Ⅱ．①王… Ⅲ．①散文集－中国－当代
Ⅳ．①I267

中国版本图书馆CIP数据核字(2019)第196014号

出 版 人：肖延兵
责任编辑：张 懿 陈诗泳
技术编辑：凌春梅

装帧设计：禮孩書衣坊 LI HAI BOOKSTORE bookd@163.net

书　　名	岁月未曾抵达 SUIYUE WEICENG DIDA
出版发行	花城出版社 （广州市环市东路水荫路 11 号）
经　　销	全国新华书店
印　　刷	佛山市迎高彩印有限公司 （佛山市顺德区陈村镇广隆工业区兴业七路 9 号）
开　　本	880 毫米×1230 毫米　32 开
印　　张	6.625　2 插页
字　　数	145,000 字
版　　次	2019 年 10 月第 1 版　2019 年 10 月第 1 次印刷
定　　价	39.80 元

如发现印装质量问题，请直接与印刷厂联系调换。
购书热线：020－37604658　37602954
花城出版社网站：http://www.fcph.com.cn

目录

故乡

故事

故人

故乡

GU XIANG

乡愁是最诗意的风景

　　我的故乡善溪江，是一个充满诗意的地方。善溪江从两山之间流过，河水冲刷形成的河谷边上坐落着一个小村庄——梅兰村。我就出生在那里，直到上大学才离开。梅兰村是我的故乡，是个我无论走到哪里都忘不了的地方。这里不仅天蓝水秀，而且岩奇、村古、滩林美、美食多，每一个去梅兰村的人，都会真切感受到天然山水、田园风光、人文景观融于一体的美景。我曾写过一篇《梅兰豆腐》的小文，在一家知名媒体上刊发后，看过的朋友都嚷着要去我家乡吃梅兰豆腐。

　　村子里住着我那善良、淳朴、勤劳、坚强的乡亲，他们日出而作，日落而息。童年的记忆，自然最为深刻。童年的趣事很多，玩的花样也多，夏天我们去善溪江里捉鱼，爬到梓树坡的树上去抓蝉，掏鸟窝；秋天打着自己削的木陀螺，和小伙伴在稻草堆里捉迷藏，还会去大山深处摘野果；冬天踩高跷、堆雪人、玩花灯、舞狮舞龙，热热闹闹过年……记忆中春天是最有趣的。春暖花开的时候，田野里到处生长着野菜，香椿、竹笋、山芹、蕨菜、蘑菇……每当看到田野里成片的野菜时，我与小伙伴们就会高兴地蜂拥而上，展开一场争夺战，一双双小手将野菜从松软的土地里连根拔起，心急火燎地放在篮子里后，又是一阵你追我赶、打闹嬉戏。小伙伴们就这样一边采野菜，一边享受着泥土的芳香、自然的清新。每次采野菜，看到篮子里的野菜慢慢盛满时，一种幸福的收获感就会油然而生，自己犹如一棵小草，和春天一起成长。

我在梅兰村生活20多年，那段岁月无处不充满了乡亲们的关爱和帮助，那段清贫岁月也让我明白生活的艰辛和不易。从小父母就教育我"滴水之恩当涌泉相报"的道理，我也是以感恩之心对待我的乡亲们。记得我参加工作第一年回家过年，回家之前，父亲打电话给我，要我带些糖果之类的礼物回去，当我带着糖果回到家后，父亲就分成一袋一袋的。我问父亲为什么要把糖果分袋。父亲说："你读书时，乡亲们没少帮你，如今你参加工作了，要记得去感谢他们，要懂得感恩。"第二天吃完早饭，父亲就带着我去了院子里的邻居家，一家一家地去拜访。在彭大伯家，父亲说："当年，你们要读书，彭大伯家竹山里的竹子让我们用来造纸，你要记住大伯的恩情。"在张大爷家，父亲说："你们读书时，大爷没少借钱给我们，这个恩情不能忘。"在王叔叔家，父亲说："你们要读书，家里农活忙不过来，王叔叔帮了不少忙，这恩情要记得。"……就这样，父亲带着我一家一家地走，一家一家地感恩。

受父亲影响，现在我每次回到村子里，都要给邻居们捎点东西，去邻居家坐坐，也算是对给予我们帮助的人一点感恩。每次我回到村子里，邻居们也都要请我吃饭，每次从村里回城里，村子的爷爷奶奶、伯伯叔叔婶婶们都会给我捎上家里的土特产来为我送行，每次都是一堆人目送着我的车开走。这种热情的场景，每次都让我泪流满面。

　　四阿婆是我们村子里年龄最大的长辈，已经九十多岁了。去年春节回家，我带着礼物去给她拜年。四阿婆邀请我去她家吃饭，我怕给她添麻烦，便婉言拒绝了。后来，四阿婆打电话给我母亲，叫我返程时在她家门口停一下。我知道她想送点自家种的土货给我。我假装忘了，故意没有停车。哪知四阿婆安排他儿子抄近路赶上我，硬要将一块大腊肉送给我。正在为难之际，一位邻居说："这是四阿婆的一点心意，你就收下吧！"还有一位堂叔，参加过对越自卫反击战，身体不是特别好。小孩在南方一座城市打工，家中只剩下他一个人。在我离开时，他硬要将自己积攒下来舍不得吃的几十个土鸡蛋塞给我。他自己都舍不得吃的鸡蛋，我怎么忍心带走？可是，这是他的一片心意，如果不带走，怕伤了他的心，又不能不带走。

　　小车后备厢里的土货中有几棵带着泥土的冬笋，我觉得特别珍贵，那是我父亲挖回来的。父亲70岁了，去年在干农活中摔伤了腿，在床上躺了两个多月才康复。今年春节前夕，天寒地冻。他瞒住母亲，偷偷地扛着锄头，到很远的竹林里挖冬笋。听邻居说，为了这些竹笋，父亲顶风冒雪挖了3个多小时。他那双苍老的手，被一路的荆棘划伤，还留下了几道伤痕。听邻居说这些时，我的眼睛湿润了。善良淳朴的父母和乡亲们，总会在我返程之际，将我小车后备厢塞得满满的，连座位下也塞满了。

　　装上满满的一车乡愁，每次回家都是如此。记得去年春节后回城的那天，在车子走动的时候，我好几次回头，远远地看到父母和乡亲们站在那里，还没有回去。我心里在想，小车可以载走乡货，可是哪能载走这浓浓的乡愁呢？

　　都说回不去的故乡。对我来说，回到故乡的感情是不一样的，那是一种深深的眷念。但凡春节过年，我大多都会回老家去看看父母。每一次回去，也都会感觉到家乡的变化越来越大。去年过年回家，陪父母和乡亲们聊天，父亲说现在村里变化很大，乡亲们人手一部手机，一个家庭都有好几部手机；还说现在村里也有网线了，很多乡亲用上了Wi-Fi。母亲说现在村里大多数的乡亲家都有彩电、冰箱、洗衣机、打米机了，不少家庭还买了小车。邻居张大爷也兴奋地说，以前村子里高中生都没几个，现在大学生都很多了，有的还读硕士、博士了。回村里，我还发现一个喜人的变化：村里的生态更好了，不仅河水清澈得可以看见江底的沙石，可看见成群的鱼虾，就连多年未出现的野兔、野鸡、野山羊、野猪，现在山里又出现了。我在想，眼前这富庶景象和乡村的美丽风光，不知道我梅兰村的乡亲们盼望了多少年。

　　有人说，"故乡是梦"，"故乡是一种图腾"，"百年为客老，一念爱乡深"。我离开家乡已经快20年了，但每次回到故乡，我都会去小时候待过的地方、学习过的地方走一走，看一看，仰望蓝天白云，坐听蛙声蝉鸣，静闻泥土芬芳，与亲人朋友叙旧聊天……现在，我工作生活在繁华的大都市，无时不享受着大都市的繁荣与方便。但夜深人静的时候我却会常想念我那田园牧歌、诗情画意的家乡，想念我那善良、淳朴、勤奋、坚强的乡亲们。也许这就是浓浓的乡愁，是我最具诗意的风景，这种乡愁也一直激励我不断去努力，去追求。

　　　　　　　（原载2019年《南方杂志》第9、10合期，入选学习强国平台）

记忆中的村小

　　也许是我出身农村的缘故，也许是我多年远离家乡的缘故，近来总是很想去看看家乡的那所山村小学。这次回乡过年之前，我就同在家乡工作的哥哥约定，一定要去看看母校，看看写满了我们儿时记忆的大山深处的村小学——木兰小学。这是一所名不见经传的小学，就是现在够精准、详细的百度地图，也见不到它的踪影。

　　我的老家位于一个幽静偏僻的多山地区，这里没有任何工业污染，保存着自然界最原始的青山绿水，还有那飘忽空中的清新的和风。我们村去年之前叫木兰村，去年与邻近的梅坪村合并，组成了梅兰村。之前，有很多人问我："你们村与花木兰有没有关系？"我每次回答说："有，因为名字相同。"家乡无乡邦文献可矜，也无名人可借重。写过《猛回头》《警世钟》的陈天华、大文学家成仿吾虽然出生在我们邻近的乡镇，不过他们家离我家还有30多里地，他们的光芒也照不到我们那里。从我记事起，村里最高学府就是这所小学，村里最大的知识分子就是这所村小里既是校长、教员，又是炊事员的唯一的教师。村里过去没出过秀才，更不用说举人、进士之类的大人物了。这所山村小学，有不少爷孙三代都在这里学习过，也许半年，也许一年，也许两三年，有的爷孙三代都是同一老师的学生。

也许是遥远的事物总能让人怀念的缘故，也许是那所山村小学给了我太多记忆的缘故，使我不由自主地想起我在村小读书的岁月，想起村小的刘老师。重返母校，也许只不过是对某种空白的填补，只是去找寻当初的记忆。曾经熟悉的通往学校的乡间小路不见了，原来木结构的教室也已完全没了踪影，取而代之的是一栋小洋楼，唯独能找回的痕迹是我们当年栽种的那棵樟树，现在已经枝繁叶茂。学校放假了，没了学生，老师也回家过年去了。尽管只有几间教室，但校园干净、平坦，透着太阳的暖意和泥土的芳香。学校里很静，静得任何一丝足音或一声喘息都赫然膨胀了好多倍，偶尔几声鸟叫，让你真正体味什么叫"鸟鸣山更幽"。

我第一次去村小上学报名，是在村小上四年级的哥哥带着我以及比我大一个月的堂哥一起去的。老师安排我和堂哥坐在一起。因为是山里的孩子，没见过世面，又是班上年龄最小的，生怕丢东西，在学校里，我和堂哥整天都把书包背在身上，包括上厕所。记得小学一年级，整整一年，我们都这样整天把书包背在身上。现在想起来难以置信，但那时确实是这样。记忆中的乡村，冬天特别冷，教室没有玻璃，也从不生火，坐在里面，如入冰窖，我们常常冻得手脚都生满冻疮，手握不了笔，脚走不了路。

当然趣事也很多。记得有一次语文考试，有一填空题："什么爱吃蚜虫？"语文课本里是七星瓢虫爱吃蚜虫。有一个叫章叶红的同学不会做，就问旁边的同学，旁边的同学就说写自己的名字，于是章叶红就真写了自己的名字。后来发试卷时，老师在班上笑着说："我们班上的章叶红同学爱吃蚜虫，谁家地里有蚜虫，就让他去吃。"同学们哈哈大笑。现在同学见面，还常常拿出来调侃章同学。还有一个关于字典的故事。我们邻近有两个县，一个新化，一个安化。记得第一次用新华字典的时候，有一同学没有新华字典，想借另一同学的用，就说："同学你先把新华字典借我用一下，明天我把我们家的安华字典给你用。"没想到那同学说："那你明天一定要记得把安华字典带来啊。"那时山里的孩子以为新华字典就是新化县的，既然新化县有，安化县也应有。结果第二天，那同学没能带来安华字典，借新华字典的同学就去找老师要安华字典。还有同学被老师批评，说肚子里没点墨水，于是就拿着墨水瓶"咕咕咕"喝几口的……

对村小记忆最深的当然还是刘老师。村里的人都很尊重刘老师，称他为先生。村里人碰上什么文字上的事，常去请教先生。先生实际上文化水平也不高，听说初中只读了一年。因为在学校代了几十年课，也没有其他老师来，才转为公办教师。我们三兄妹都是他的学生。先生也有很多有趣的故事。先生不会普通话，但教孩子要求用普通话，于是先生就努力学，在课堂上也学以致用，然而教我们时，还是常出笑话。有一次他教我们读"茄子"，明明带着我们用拼音读"qiezi"，拼着拼着最后却读成了方言"qiazi"。

先生待人和蔼可亲，对学生要求却很严。记得有一次上作文讲评课，先生把我的作文《家乡的小河》在班上作为范文宣读，给了我96分，说是他任教以来给分最高的一篇作文，要大家向我学习如何写好作文。然而下课后，先生却要我去他办公室。也许是在课堂上得了表扬，于是我怀着喜悦的心情跟着先生去了他办公室，以为他会再次表扬我，甚至还想是不是有奖品。想不到他竟板着脸对我说："文章写得好，字为什么写得这么差，东歪西斜的，像鸡爪一样。你把作文工工整整地给我抄50遍，明天交给我。"看着先生严厉的脸，没办法，放学回家后，我在父亲用一个罐头瓶、几根小铁丝和一块小铁皮制成的简易煤油灯下，把作文工工整整地抄了50遍。父亲一边看着我写，一边自言自语地感慨："刘老师真是一个负责的好先生。"先生的这种教学方法在今天看来也许不太恰当，但我却很感谢他。也许是怕先生的缘故，从那以后，我养成了写字工整认真的习惯，这对我后来做什么事都认真负责的态度很有影响。

山里人很穷；很多孩子都交不起学费。先生每年都要替学生垫学费。我父母是老实巴交的农民，长年累月靠力气在地里刨来刨去，到头来却刨不出几个钱来。也许因为家里穷，我从小就很懂事，每天一放学回家就放牛、砍柴、割猪草。为了攒学费，我还常常利用节假日去山里挖药材、拾菌子，然后拿到街市上去卖。我读书也很刻苦，每学期总能拿回两张奖状，期中一张，期末一张。每次拿回奖状时，父母脸上总会写满喜悦，但每次开学却总是满脸愁云，为学费发愁。记得读小学四年级时，家里实在拿不出钱给我交学费，于是我就暂时辍学在家。这时又是先生来我家做家访，给我垫交了学费，让我重新走进校园。据村里人讲，每年先生都要垫上好几百元的学费，有的还了，有的至今未还。当先生带着我再次走进教室门口时，他拍着我的肩膀说："不要担心学费，好好学习。"望着慈父般的先生，我的泪水不自觉地流了出来，却说不出话来，只是用力地点点头。转眼就小学毕业了，我以全乡第一的成绩考进乡中学。尽管那时我不在村小学习，已上乡中心小学了，但先生知道这事后，还是特意来到我家中，送给我一支钢笔作为奖励。那天，我含着泪花接受了先生奖给我的那支钢笔。后来，我上学、工作，辗转各地，并多次搬家，但先生奖给我的那支钢笔和我抄了50遍的作文本子却一直舍不得丢，至今仍珍藏在我的箱底。

先生退休后，去了儿子工作的天津。我参加工作后，由于忙的缘故，除每年春节给先生寄去一张贺卡外，从来没有去天津拜访过先生，也很少给先生打电话。记得几年前，我打电话给先生的儿子，却得到了一个惊人的噩耗，先生已于年前作古了。先生儿子说先生生前经常讲起我和一些学生的名字。先生的儿子怕我们工作忙所以没有告诉我们。听到这个消息，我不禁泪流满面。

迈出村小的校门，在依依不舍中走出这所写满我记忆的山村小学。在回家的路上，哥说，刘老师退休后，因为没老师来，学校就由一名村干部和他的妻子轮流在这里做代课教师。因为去年村子已经合并了，并且学生也不多，那名村干部也通过考试去乡里工作了，今年开始学校就停办了。听到这话的那一刻，伤感陡然袭来，这所承载了我儿时记忆的山村小学，是如此让人留恋。

岁月如梭，不知不觉中，我离开大山中的这所村小学已经快30年了，我在世俗的淡泊中经历着人生的风雨冷暖、花开花落。许多的人和事都逝而远去，这所山村小学也即将在人们视野中消失，但我懵懂年少时沉淀在生命中的记忆，这所山村小学和老师、同学留给我的美好回忆却令我难以忘怀，若流云般萦绕心头，将永远印烙在我的心坎上。

（原载2017年2月9日《南方日报》）

住在乡下的母亲

　　我家在一个大山深处的村子里，山上山下，全是绿叶茂密的树林，在青枝绿叶覆盖下，十来栋矮小的木板屋散落在深蓝的林海里。我家是一个典型的山村贫困农民家庭。父亲是个老实巴交的善良农民，从我记事起，他整天都有忙不完的农活。我们兄妹仨学习生活的事，基本上是母亲来管的。这也就是后来，无论我们兄妹何时聚首，总要谈及母亲的缘故。

　　母亲两岁时，我外婆就去世了。因为家里穷，母亲只读了一年书。每次谈及她上学的事，母亲总禁不住流泪。上学时，她成绩很好，但读了一年后，就不得不退学了。她的老师多次家访，希望母亲能回学校继续上学，可外公实在拿不出学费，而且母亲还要带外公再娶的外婆所生的我的小舅舅和小姨，母亲最终没能再返回学校。也正是母亲有着想上学而不能上学的遗憾，对我们三兄妹，无论家境多困难，母亲总是想方设法让我们上学。母亲的坚持，使我们兄妹从那个至今都没走出几个大学生的贫困山村，相继都走进了大学的校园。

　　因为家里穷，又要供我们上学，父母干起农活来就像在玩命，干农活的劲儿在我们那儿是出了名的。记得有一次，为了把当天的农活干完，父亲竟借着月光在地里干活，后来由于实在太困了，他干着干着就在地里睡着了，直到深夜，我和母亲才从地里把他找了回来。母亲除了干农活外，还要做家务，农忙时节，她常常要忙到夜里一两点才能睡。母亲常跟我们交谈，说她最大的心愿就是看到我们以后能有出息，这样她干活也就不觉得累了。为了减轻父母的负担，我们从小就干农活，放牛、砍柴、割猪草，寒暑假还常常去山里挖药材，拿到离家十几里地的乡里集市去卖。

那时的农村，在我们那有着"越穷越不想读书，越不读书就越穷"的恶性循环。为了让我们兄妹读书，父母受苦受累不说，还要听很多风言风语："这家人真傻，家这么穷，还要让三个孩子都去读书？"父母也没有听从邻居们总结的"穷读书、富养猪"的致富经。每学期开学时，他们把自己辛辛苦苦养的猪卖掉，换成学费，供我们兄妹上学。在"吃饭靠种田，养猪为过年"的湘西农村，过年杀一头猪，那是一家人一年吃的猪肉。有好几年，我家里是没有杀猪过年的，就是过年吃的猪肉，也是邻居或者亲戚们送的，日子过得特别艰难。人穷志不短，是母亲的性格。母亲没读过什么书，大字不识几个，但记忆力很好，不知她从哪里听来了很多励志的故事。那些年，在地里干活、在煤油灯下、在烧柴火煮饭的土灶边……母亲都会给我们讲些励志的故事，其中有一个关于北宋名臣吕蒙正的故事，至今让我记忆犹新。说吕蒙正年少时，家境十分贫寒，有一年过年，他向屠户赊了一个猪头准备用来过年，然而当猪头煮熟之时，一个有钱人也要买这个猪头，结果屠户将吕蒙正煮熟的猪头给拿走了。吕蒙正即兴作诗一首：人家过年我无年，煮熟猪头要现钱，有朝一日时运转，朝朝日日都过年。后来，吕蒙正发奋读书，中了状元。小时候，听母亲的励志故事，虽然有些似懂非懂，但总让我浑身充满力量，也是她的那些励志故事，使我没像许多儿时的同伴一样逃课，而是始终发愤读书，让奖状贴满了墙。时至今日，母亲的那些励志故事对我还有着极大极深的影响。

母亲对我们兄妹上学的事是特别认真的，生怕耽误了我们学习。记得有一年冬天，下了一场鹅毛般的大雪。那时的山村，是没有公路的，通往学校的是一条印满牛蹄印的崎岖山路。那厚厚的积雪，挡住了上学的路。邻居说："下这么大的雪，今天就不要去上学了，老师也不会责怪的。"听到邻居的话，我心里暗自高兴。没想到母亲却说："上学是不能耽误的，耽误了就跟不上了。"于是母亲拿起铲子，边走边铲上学路上的雪，花了两个多小时，送我们到学校。到校后，那天来上学的都是附近的学生，远处的学生一个也没来。老师看到送我们来上学的母亲，十分惊讶，走过来拍着我的肩膀说："读书要努力啊，要对得起你妈妈。"母亲后来对我说，为什么铲雪也要让我们去上学，就是希望我们能多学点知识，将来做一个有本事的人。记得我上初中时，我家离学校较远，每天都要走十几里地去乡中学上学。每天母亲都要早早起床，为我们做早餐。那时的农村家庭是很少有手表的，计时主要靠看日月或者听公鸡打鸣。为了不让我们上学迟到，每天母亲听到公鸡叫晓的声音就起床给我们做饭。记得有一次快期末考试了，母亲给我们做好了饭，但天却还没有亮，第二天才知道是邻居家晚上捉鸡，他家的鸡叫弄得整个院子里的鸡跟着叫，而母亲以为天亮了，于是就起床给我们做饭。

　　在我们家，父亲对母亲是一种心甘情愿的臣服，无条件的，这是缘于他对母亲发自骨子里的迷信和崇拜。在他们几十年的婚姻里，家里家外，大事小事，除了干农活外，都是母亲说了算。从我记事起，父亲从来没有对我们发过脾气，更不要说打骂我们，但母亲对我们管束却特别严。母亲管教我们也很有一套，那就是她从不当着人骂我们、打我们，每次都是把我们带回家后，关了门再来训，有时还免不了要受一顿皮肉之苦，并且每次挨了罚后，还不允许我们哭出声来。我们挨罚的时候，即使父亲就在旁边，也是不敢为我们求情的。记得那是一个雨过天晴的夏日，被风雨洗刷过的田野，分外葱翠鲜绿。田野里到处长满了绿色植物，像铺着碧绿的地毯。我与小伙伴们一起去山上放牛，看着黄色的黑色的牛群，散在各处悠闲地啃着草，我就与小伙伴们玩起扑克牌来，玩着玩着就忘记了放牛这事，结果一下午，我家的牛在人家庄稼地里美美地饱餐了一顿。庄稼对农家人来说那可真是宝贝，关系到一家人一年的收成，人家跑来向我母亲告状，并说了很多不中听的话，当着别人的面，母亲只是一个劲地道歉，并把我家地里长得最好的一块庄稼赔给了别人。那天晚上，母亲流着眼泪用竹枝狠狠地打了我屁股。但也是从那以后，放牛时我再也没有与小伙伴们玩过扑克牌。也正因为母亲的教育，使我从小养成了做什么事情都很认真负责的态度，至今依然如此。这些年，我回家过年时，也偶尔与母亲聊起小时候自己屁股挨打的事，母亲总是说："打在儿身上，痛在娘心里，那时教育你，还不是为了你好？"

　　大学毕业后，我们三兄妹都在城里工作，在城里安了家。我们便想接父母来城里住，母亲却说，在乡下生活习惯了，离开那村子就不知道干啥了，并说那里水好、空气好，自己种的菜和粮食都是纯天然食品。我知道她之所以不愿来城里住，实际上是怕影响我们生活。父母不肯来城里住，我们只好要他们在家里少干点活，但他们也不听，至今还喂着两头猪，四头牛，种了四亩多地，养了几十只鸡，还种了很多棵果树。我常打电话回去要他们不要再这么劳累了，但母亲却总是说习惯了，如果突然不做了反而觉得不舒服，并说自己种的、养的东西好。他们现在干得动，多种点、养点没关系。这些年，我每次回家过年，母亲都要给我装上大包小包的土特产，让父亲给我送上车带回城里。

记得我刚参加工作时，母亲还会偶尔从乡下给我送些家里的土特产来。有一年暑假，她说家里梨子熟了，葡萄也结了很多，要我回去一趟。由于忙，我说不回去了，结果母亲从乡下坐了差不多一天的车，花了上百的车费，给我扛来了30多斤梨子和葡萄，要我尝尝。我曾在想，如果去市场买那些梨子和葡萄所花的钱，可能还不够母亲来回的车费钱。但那次母亲送来的梨子和葡萄，我一个也没有丢，一个也舍不得送人，吃起来特别甜，感觉是那些年在城里吃到的最好的梨子和葡萄。

母亲也是个热心人，村里人有什么事情，她也喜欢去帮忙，比如邻里吵架之类的事情，也常常叫她去调解，村里的公益事业，她也热心去张罗。记得几年前，村子里还没有通公路，看到周边村子都通公路了，母亲急了，见人就说："你们看，人家都将公路修到家门口了，只有我们这里还没修，这怎么要的呢？怎么对得起子孙后代？我们也要想办法把公路修通。"因为是大山深处的村子，一个自然村人很少，就一百来号人，并且年轻人都外出打工了，留在家里全是老人和小孩。要修通这条公路，需要几十万元。几十万，对于一个大山深处的山寨来说，谈何容易？于是我就"故意"跟母亲开玩笑说："您又不是村干部，管那么多事干吗。"但执着的母亲没理会我，一有空就挨家挨户去找村民说修公路的事情。功夫不负有心人，在她和村干部的劝说下，用现在时髦的词语来说，村里人使出洪荒之力，终于凑够了几十万元，修通了村里的公路。母亲后来对我说："不修通公路，村里人要外出办事都不方便，就是你们在外面工作的人回来过年，也不方便，带着行李和小孩，走路太辛苦了，公路一通，开着车就直接到家门口了，你看多好。"母亲说这些时，不知是感动还是什么，我眼睛有些湿润了。

去年夏天，一场特大洪灾，将这条乡亲们用血汗钱修好的公路冲得稀烂。我每次打电话回去，母亲总在电话那头说要想办法将这条被洪水冲毁的公路修复好。后来，她与村干部向乡里和县里一些部门反映了公路毁损的事情。这些部门也很重视，下拨了修复这条公路的资金。听到这一消息，母亲特高兴，有人听说县里下拨了资金，于是就想承包这段工程，从中赚点钱。母亲平时待人仁慈、温和，但做事却很有原则，有时也很刚气。母亲想，总共才几万元，要是承包的人再赚点钱，那还有多少钱能用在修复公路上。母亲担心被水冲毁的公路修不好，于是就建议村干部采取计时的办法，请挖掘机作业，村民和村干部去监工，将钱全部用在修路上，最后村里人一致同意母亲的意见。山村的冬天特别冷，去年冬天，六十多岁的母亲不顾天寒地冻，在请挖掘机师傅作业时，她主动义务监工，一干就是十多天。路修好了，村里人都说这条路修得特别好，听到大家的称赞，母亲特别高兴。

　　转眼间，我走出大山不与母亲在一起生活已经20多年了，特别是来省城工作之后，更是很少回家。每当我触及"母亲"的字眼，我就会默吟"慈母手中线"的诗句，就会想起住在乡下的母亲。我想，此刻，我那鬓发斑白的母亲也许正在乡下忙碌着。她也该知道，远在他乡的孩子正在思念着她。

（原载2017年5月11日《南方日报》）

家乡的水井

　　我出生在一个美丽的小村庄，那里因有一条清澈纯净的小溪山羊溪而得名。每当在城市里喝着经过多道加工程序才得以纯净的自来水，我就会想起家乡那浸透心肺、甘甜爽口的山泉水，想起家乡的那口水井。

　　那是一口普通的山村水井，用青石板条砌成，井口约一点五平方米，井水深约一米，水井上方有一眼山泉流入。在我记忆里，不管天气如何干旱，井里的水从来没有干涸过，一年四季，都是满满的，甘甜爽口，要是在夏天，过路的人总会喝上几口来解渴。水井旁住着十来户人家，百来口人全喝着这口水井的水。

　　农村的孩子放学归来都要干农活、家务活，帮助大人做事。记得我七八岁的时候，就开始去水井挑水。我常常和院子里的小伙伴们挑着小木桶一起去。有时候，挑水的孩子们多，会有三四只水桶同时下井。水桶太多，井面就显得窄了，先下井的往往可以顺利装满水，后下井的折腾了好一阵才装到，桶里还会捎上不少井壁上的青苔和井底的小石块。

　　在我的记忆中，夏天的水井是最美丽的。清晨，水井旁野花飘香，青草翠绿，小草上挂满了露珠儿，在太阳的照射下，晶莹剔透，着实让人喜爱。孩子们从水井旁经过，边放牛边大声朗读着课文，大人们将一担担清澈的井水挑进家家户户的水缸；早饭过后，院子里女人们就端着洗衣盆陆陆续续来到水井旁，边洗衣服边拉家常，遇到村里的男人从井边路过，还会说几句笑话，开开玩笑，高兴之余，女人们还会端一盆井水，往男人的身上泼去，引来一阵阵开怀的笑声；中午，放暑假的孩子们，砍柴归来，急着冲到水井旁，用小木桶从井里提上一桶水，把头伸进木桶里"咕嘟咕嘟"一番后，或把自己脱得光溜溜的，高举着小木桶从头顶浇下一桶桶井水，冲掉了酷暑，冲掉了泥垢；夜晚，水井旁蛙声四起，蝉声此起彼伏，宛如乡村的夜曲，耀眼的月亮和眨着眼睛的星星，伴着清风在水井里摇晃起舞，稻香从远处一阵一阵地飘来，构成了一幅清新幽静的山村水墨画。

水井边最热闹的是过年的前几天。院子里的人都出来了，围在水井旁，杀鸡宰鹅，清洗年货。乡亲们相信老人一代代传下的话，用了清洁的井水洗净年货，来年就会走上好运，来年的生活就会如井水般甘甜。他们还相信，在水井边洗年货，也是在向水神祭祀，祈祷来年风调雨顺。这时的水井边，院子里的男女老少齐上阵，那些宰好整理好的鸡鹅肉一盆盆放在井边，充满了浓浓的年味。

现在家乡发生了很大的变化，家家户户都用上了自来水，院子里的人早已不用再从水井里提水了。水井边已长了许多不知名的野草，青石板上也爬满了青苔，但井水却依然那么清澈。父亲说，村里修公路时本来规划要把水井填了的，但后来由于院子里百来口人的集体反对，保留了下来。每次我从繁华的都市回到乡下老家去探望父母时，都会在水井旁静静地坐上一会儿，用手掬一捧泉水，喝上几口，感受那久违的清甜。

（原载2014年11月7日《发展导报》）

梅兰豆腐

我出生在湘西一个叫梅兰村的小山村。这个大山深处的小山村，山明水秀，小桥流水，民风淳朴，跟它的名字一样美丽。我在那里生活了二十多年才离开，大学毕业因工作住到了城里，在城里生活久了，我便常想起家乡。

有人说，世上有着许许多多比乡土更美妙、更加怡人的地方，但独有故乡，像母亲一样，无可选择，无论走到哪里，都会让你终生难以忘怀。也许是多年远离家乡的缘故，近来对那些怀着乡愁，不惜万里迢迢回家乡寻根的人，有了一种同感，对家乡的爱恋，使我常常想起大山深处的梅兰村，想起家乡的父老乡亲，想起在家乡生活的点点滴滴，想起家乡的梅兰豆腐。

豆腐相传是两千年前汉代的淮南王刘安发明的，刘安是个喜欢讲究神仙道术的贵族，养了许多方士。豆腐的发明是否和方士们研究长生药有关，还有待史家的考证。当然，我家乡做豆腐的历史远没有刘安那么早，具体是什么时候开始，也没有文字记载，但据父辈人讲，已经很悠久了，没有千年历史，也有九百年经历。梅兰豆腐有水豆腐、豆腐干、油豆腐、酱豆腐、腐乳……梅兰豆腐，最出名的还是水豆腐，梅兰水豆腐白得像雪，嫩得像煮熟的鸡蛋清，具有外观晶莹有如白玉、口感滑嫩清香而不失回味等特点。在鲜鱼汤中加入水豆腐，汤则白如玉、稠如脂；水豆腐炖泥鳅，更是道名菜；就是简单的青椒炒两面黄豆腐，也会让你回味无穷。

对农村人来说，豆腐是常见的食品。小时候过年，家家户户都要做豆腐。记忆中，在家里看得最多，吃得最多，闻到味儿最多的就是豆腐。记得我背着米菜去乡中学读寄宿的那段岁月，在我用罐头瓶带的菜中，经常会有豆腐干、霉豆腐、两面黄煎豆腐……来我们村里的外地人大多都会吃到梅兰豆腐，因为来了客，乡亲的餐桌上总少不了豆腐。豆腐食用的方法很多，炒、炸、炖、煮、凉拌都可，据说，全国的豆腐有大约千种以上的吃法，虽然我家乡豆腐烹饪的方法没这么多，但也不少，比如麻婆、煎两面黄、青辣椒炒、清炖、水煮，什么都有。往往一顿饭下来，无论什么豆腐，都会被吃得精光。听父亲说，一位曾在家乡工作多年的外地人，后来因工作需要调往北京，二十多年后，他特意回到这里，为的就是再次吃到我家乡的梅兰豆腐。

有人说，天下泉水出名的地方，往往也出产味美的豆腐。老家位于一个幽静偏僻的多山地区，这里没有任何工业污染，保存着自然界最原始的青山绿水，还有那飘忽空中的清新的和风，山泉水清甜爽口，出产的黄豆是纯天然绿色产品。外地人吃了家乡的豆腐后，总会问我的乡亲，梅兰豆腐有没有什么制作奥秘？我谦逊的乡亲总会告诉他们，没什么特别，只不过我们山里水好、黄豆好而已。

家乡加工水豆腐，先是精选饱满的黄豆，精选的黄豆犹如一颗颗小金珠，煞是好看。精选的黄豆用石磨去皮后，用晶莹透彻的山泉水浸泡，等豆子发涨后，便开始磨豆浆。家乡做豆腐习惯说打豆腐，常以桌为单位，也就是常说的打一桌豆腐。家乡以前是用手推石磨来磨豆腐浆，一般是一人喂料，两人拉磨。现在乡亲们不用再像以前那样辛苦做手工了，电动的打浆机代替了石磨，磨一桌豆腐浆几分钟就完成了。磨好豆浆后，就是滤浆、烧浆。先把大铁锅洗干净，烧上微火，接着，在大锅上架好支架，把磨好的豆浆通过纱布过滤出豆渣，豆渣也可用来做菜吃。白白的豆浆顺着纱布流到锅里后，再把火烧大，待锅里的豆浆完全烧开后，把煮熟的豆浆舀入大木桶内，均匀地浇上石膏水。浇入石膏水也是很有讲究的，是个技术含量较高的活儿，浇石膏水要恰到好处，少了太嫩压不成豆腐块，多了太老口感就不细腻，食时如同嚼蜡。打豆腐，虽然一般农家都会，但要做得好吃，那还真得下一番功夫。热腾腾的豆浆凝结起来后，乡亲把这时的豆浆叫豆腐花，软乎乎的，拌上红糖水或白砂糖，很是美味。当桶内豆腐花凝固得差不多了，豆浆成了块状时，便再次把它舀到贴有布包袱的木匣子里头，然后将半凝固豆腐包起来，把纱布的四个角缠紧在一起，盖上盖子，最后压上早已准备好的石头，压水干至七八成，梅兰水豆腐便形成了，可食用了。

　　家乡随处可见卖豆腐的，不光街上有，各村庄里也有，还有挑着担子卖的，卖豆腐的人用悠远而低沉的调子喊出："豆——腐。"想买豆腐，随时都可买上几块。本地人还可以用黄豆兑换，也可以赊账。对于赊账的，豆腐老板从来不怕你不送钱去的，赊豆腐的人也不管过多久，总会记着赊豆腐欠的钱，有了钱就会立即送过去。记得读小学三年级的时候，我和哥哥也赊过豆腐，过了好几个多月，我们把赊豆腐的钱送过去，豆腐老板仍笑容满面地对我们说不着急。我有位初中同学家是做豆腐的，这位同学起初辍学在家帮父母打豆腐卖，在打豆腐的过程中，悟出了知识的重要性，于是主动向其父母请求要回到学校继续读书。打了两年多豆腐，这位原先读书吊儿郎当的同学，变得异常用功，后来考上师范大学，现在是县城一所著名高中的一位很受学生欢迎的生物教师。后来与这位同学闲聊，他说他之所以能读大学，并且会选择生物学这个专业，与打豆腐的那段经历有很大关系。如今在我家乡的县城和周边的集镇也有卖梅兰水豆腐的，原来是聪明、勤劳的乡亲们把家乡正宗的黄豆和山泉水运到县城以及周边的集镇，现场加工成梅兰水豆腐，原汁原味的梅兰豆腐和乡亲热情的服务，很快赢得市场，也让梅兰水豆腐成了梅兰村的一张文化名片。

各地的豆腐，我虽然没有吃全，但也吃过不少。在城里生活，我也经常买豆腐吃，在饭店里也经常点豆腐这道菜，但总觉得吃不出家乡的味道来，总感觉没有梅兰豆腐那么细腻，那么清香。离开家乡久了，我常念叨着家乡的梅兰豆腐。前不久我回了一趟老家，看到我很久没有回家，母亲特意给我准备了很多的家乡菜，要我多吃点，说在城里吃不到，而我却对母亲说一定要她给我来个梅兰水豆腐。父亲听后，在旁边笑呵呵地说："我就知道我儿子最喜欢的菜还是家乡的豆腐，对梅兰豆腐有感情啊。"我从乡下老家回城里时，母亲还特意给我打了一桌豆腐，用猪油煎成两面黄，让我带回城里，我放在冰箱里，都舍不得送人。

我是吃着梅兰豆腐长大的，我喜欢吃梅兰豆腐，我想我无论走到哪里，对梅兰豆腐的这份情愫是不会改变的。现在我常与同事朋友开玩笑说："你们没吃过山珍海味，可能没什么遗憾，但如果没有吃过梅兰村的豆腐，那真会是遗憾。"

（原载2018年10月25日《羊城晚报》）

故乡的老梨树

　　我的故乡梅兰村在湘西一座大山的深处，是一个依山而建的小村庄，这里鸟语花香，树木茂盛，村民质朴友善，勤奋进取。在村庄的东头，有一个叫向阳坪的小院，我家就在这个小院里。屋前屋后满是果树，比如梨树、桃树、杨梅树、李子树、枇杷树、橘子树、枣树，还有葡萄……

　　有人说，离开家乡愈久，你思念的东西就愈多，一座山、一条河、一片小树林，甚而是抽旱烟的邻居大爷，穿开裆裤的小伙伴，都会给你留下清晰的记忆。也许是多年远离家乡的缘故，近来脑海里总是浮现出很多关于我家门前那棵老梨树的记忆。我家门前的那棵老梨树很大，大约二丈高，映衬着我家的小院子，古朴淡雅，枝冠如伞，是院子里一道亮丽的风景。听父亲讲，这棵老梨树已有很久的历史了，但到底是什么时候栽种的，我说不清楚，年近古稀的老父亲也说不清楚。我的童年是在老梨树下度过的，老梨树带给了我无限的快乐，也给我留下了许多难以忘怀的记忆。

　　古诗云："春到梨花意更长，好将素质殿红芳"。记忆中，每到春暖花开的时候，整个院子处在花海之中，这时候来我们村子里能看到最美的村庄。经过了一冬积蓄和等待的老梨树，枝头就会挂满雪白雪白的梨花。雨后的清晨，山明水净，空气格外清新，我们一开门，就会看到满树的梨花，特别是清风微微一吹，白色的梨花就会在枝头翩翩起舞，满天花瓣，好似天女散花，释放出醉人的清香，在整个小院里弥漫开来。童年时的我也常常被欺骗，以为春天就是白色的。

　　夏天的老梨树枝繁叶茂，一串串喜鹊蛋大小的青嫩果子挂满枝头，处处写满生机与活力。炎炎夏日，绿荫清凉。梨树下也成了乡亲们聚集的场所，劳碌后的乡亲们会在这里抽旱烟、聊家常、传八卦。夏天我们全家都喜欢在梨树下吃饭乘凉。我还会在树下看借来的《西游记》《红楼梦》《三国演义》……也会在树下摆个小桌写作业。夏天的老梨树上鸟儿也常会赶过来凑热闹，在树上尽情欢唱，有时还有喜鹊来，那时我们一家人都很开心，因为我们那里有"喜鹊叫，喜事到"的说法。尽管这吉祥鸟叫了，也不见得就有什么喜事，但喜鹊叫了，大家还是喜笑颜开的。夏日的夜晚，凉风习习，我们会在梨树下放一条长凳，院子里的孩子们也会过来玩。月光下，我父母在梨树下一边干活，一边给我们讲故事，比如穆桂英挂帅、朱买臣砍柴、吕蒙正赊猪头过年、三个女婿拜寿的故事等，也有本地题材的，比如陶澍上南京，听得我们津津有味，深夜还不肯离去。

　　秋天满树硕果，枝头欲坠，泛黄的梨子压弯了枝头，让人满怀秋收的喜悦。采摘梨子的时候，欢声笑语洒满了院落，这时也是我们兄妹最开心的时候，有着过年般的喜悦。我们家老梨树结的梨子皮薄、肉嫩、水多、味甜，我们每次吃都感觉味道特别甜美。现在，我在城里工作生活，也吃过不少品种的梨子，但每次吃都吃不出我家老梨树上梨子的味道来，总觉得我家的梨子特别好吃。每次摘梨时，父母也总要选出几个最好的给爷爷奶奶送去，也总忘不了要挑一些圆润饱满的梨子给左邻右舍，也正是这些生瓜梨枣的互通有无，增添了邻里之间的感情，使得我们一家在院子里有着极好的人缘。丰收时节，从老梨树上摘下的梨我们也会挑一些到十里地之外的乡里集市上去卖，卖梨子的钱要么换些日常用品回来，要么就是攒下来给我们交学费。在那段清贫的岁月，我们三兄妹都能够坚持上学，并相继考上大学，这里面也有老梨树的一份功劳。

冬天树叶由绿变黄，雪压枝头，也是一道格外亮丽的风景。老梨树的树叶在风中像蝴蝶翩翩飞舞， 飘飘洒洒地从天空中飞下来，落在地上，铺一地金黄，人走在上面沙沙作响，也别有一番风味。要是遇到漫天大雪，银装素裹的老梨树，仿佛是一个巨大的圣诞老人，煞是好看。我和小伙伴们就会在老梨树下堆雪人、掷雪球、打雪仗，你打我我打你，雪球乱飞，喊叫不止，欢声笑语此起彼伏，那欢乐的叫喊声，把老梨树树枝上的雪都震落下来。

有人说，有古树，村庄才有灵气；有古树，村子才有讲不完的故事。我家的这棵老梨树带给了我快乐，带给了我讲不完的故事，这些快乐和故事也将永远留在我的记忆中。乡愁是一种心灵归宿和亲情寄托，是对家乡人事的深深眷恋和无限怀想。乡愁是一杯水，乡愁是一杯酒，乡愁是故乡的那棵老梨树。这个时候，故乡的那棵老梨树想必已是果满枝头了。今年我一定要找个时间在硕果满枝头的秋天，抽空回一趟老家，去故乡的老梨树下坐坐，去品尝一下我那魂牵梦绕的梨子。

（原载2019年5月14日《羊城晚报》）

从点煤油灯到用上手机

我出生在湘西的一个偏僻山村里。在我的记忆里，直到初中毕业，村里都是不通电的，人们照明用的是煤油灯。那时，每当夜幕降临，村里家家户户就会陆陆续续地点起煤油灯，闪闪的灯光星星点点散落在村子的各个角落。

为了省钱，村里的煤油灯基本上是乡亲们自己做的，样式大同小异。我家的那盏煤油灯就是父亲用一个罐头瓶、几根小铁丝和一块小铁皮制成的。一根小铁丝在罐头瓶盖处围成一个圈绑在瓶上，另一根铁丝折弯后，两头钩在围圈的铁丝上做成提手，棉花搓成的灯芯被铁皮包着，用小铁丝固定在瓶中央。每晚，我家的那盏油灯就会挂在墙壁上，在灯下，我们兄妹借着微弱的灯光，做老师布置的家庭作业，父母借着灯光忙着各自的活儿。

那时的煤油是很贵的，记得读小学的时候，由于我们乡里没有通公路，运输不方便，到乡供销社买煤油是要凭票的。如果哪家能多弄几斤煤油，村里人都认为他家有本事。所以村里人点灯一般能省则省，有的人家为省油，如果晚上有月亮，一些事情就在院子里借助月光来完成。

读高一那年，我们村子里通了电，对我们村那可真是件大事，通电那天，家家户户高兴得像过年似的，那种高兴劲儿至今让我记忆犹新。通了电，村里照明用上了电灯，一些家里较富裕的人家还看上了电视，用上了电风扇。彭大伯家是我们村里第一个买电视的，虽然只是14英寸的黑白电视，但每天村里人都早早吃完晚饭，像赶集似的赶到彭大伯家看电视，每晚屋子里都挤满了人，有时外面窗户下还站着几排人。要是夏天，彭大伯就把电视机搬到晒谷坪里供大家看，坪里总会是满满一坪人。那时，村里人办喜事，最称得上档次的就是能放场电影。如果放电影，不只村里人都赶来看，邻村的人也会赶来看，有邻村的人看完电影回到家，天也差不多亮了。

读大二时，邻村通了公路，尽管公路没通到我们村子里，但乡亲们显得很高兴，乡亲们都说："现在方便了，邻村通公路了，到乡里赶集只要走五六里路就可以坐车了，不再要走二十多里山路了。"大学毕业时，村里通了公路。

大学毕业后，我一直在城里工作，由于工作忙，很少回家。前不久，在县城工作的哥哥给我打来电话，说他上个月回了趟家，只花了两个小时，我当时不相信，说不可能，记得前几年我转车从县城回家要花五个多小时，怎么现在两个小时就到家了。哥哥说，现在村里变化可大了。他说现在通往村里的路都是水泥路了，不再是以前的泥巴路了，路好走得很。他还说村里大多数乡亲的家里都有了彩电，有不少还买了洗衣机和冰箱。他特别强调的是我那原来对外打个电话都要走二十多里山路的乡亲，现在大多数用上了手机，有的一家还拥有两到三台。他给我讲了一个事例，堂哥在山里放牛，堂嫂要他回来吃饭都是互相使用手机。

　　改革开放三十年，我也到了而立之年，三十年的改革开放，我的乡亲们从点不上煤油灯到大多数人用上手机，这不能不说是个奇迹。但我更相信，有党的这种好政策，三十年后的今天，我的家乡一定会更加美好，乡亲们一定会更加富裕。

　　　　（原载2009年4月29日《中国青年报》，获《中国青年报》征文奖）

故乡的河

初夏的一个清晨，我又一次回到梦魂萦绕的故乡。

故乡因资江的一条小支流善溪江而得名。这个名字到底存在了多长时间，县志上或许有记载，或许没有，因为它太小，在世人眼里也微不足道，名字的来源我不清楚，村里的老人也说不太清楚。但有研究梅山文化的学者表示，晋代大诗人陶渊明先生笔下的"桃花源"不是"乌托邦"，就位于善溪江的上游。

这里有山羊览胜、红岩山、塘鱼石等奇观，有三江米酒、梅兰豆腐等美食。这里山高林密，野菜也很多，田野里到处生长着野菜，香椿、竹笋、蘑菇……

喝善溪江水的山里人，善良、淳朴、勤劳、坚强，也很豪爽、很好客。这体现在餐饮文化上，就是大多农家都蒸米酒，有酒缸，在餐桌上很少见到碟子，全是大碗大钵，外地人不要交伙食费也可到农家吃上饭。

离开家乡久了，就愈来愈思念这块生我养我的土地。那里的每一座山、每一条河，还有那别人听不太懂，自己却感到无比亲切的乡音，都会浮现在脑海。

　　我们家的大门朝东，不远处有一条小河。这条从金凤乡流来的善溪江每天哗哗地欢腾着，快乐地哼着歌向南流去。这条小河是我童年快乐的源泉。

　　善溪江的水不深，最深的地方也就三四米。小时候，我和小伙伴们经常在善溪江里玩耍。

　　带上玻璃瓶，拿上小簸箕，在河边挖沟引水，翻遍鹅卵石捉鱼虾、抓螃蟹。一群群皮肤晒得黝黑的小男孩在河里游泳，一会儿仰游，一会儿蛙泳，一会儿又钻入水底，也有的在浅水里练狗刨，还有的站在河岸的岩石上学跳水……激起的水花伴随着阵阵欢笑声、吵闹声构成一幅美丽绝伦的山水画。

　　两岸的树林、竹林里，鸟儿和知了在尽情欢唱。在水中玩耍够了的孩子们，爬上岸来不及穿上自己的裤头，光着身子在树林里、竹林里你追我赶，或是躺在草丛里打滚，或是爬到树上抓蝉、掏鸟窝……山里的孩子胆大，还敢抓蛇，要不是山高林密，蛇还真会被孩子们赶得没地方跑。

　　孩子们尽情地疯耍，早已忘了还有放牛、砍柴、割猪草的任务。在太阳快下山的时候，突然想起还有任务在身，赶紧穿好裤衩，得在地里干活的大人还没有回家之时去完成交代的任务，实在完不成任务的孩子就硬着头皮回到家接受父母的责备……

　　记忆中，在小河边有一条小街，街虽细瘦，但附近三县的乡亲们都来赶集，或买日常用品，也有来买一两斤仍带着温热的新鲜土猪肉改善一下生活的，还有借赶集来会老友的，当然也有来相亲的……童年时的小街很是热闹。

　　岁月悠悠的脚步声从古代响到现在。善溪江日夜不停地流向资江，再经长江奔向大海，无时无刻不在变化中。太阳每天都是新的，善溪江每天也都是新的。

记得以前小河上是木板桥，如今已是水泥桥了；以前印满牛蹄印的泥巴路，如今已是宽敞的硬化公路了；河两岸一排排新修的楼房，门前还停放着小轿车，屋里不时飞出欢声笑语……老乡们告诉我，国家实施"精准扶贫""乡村振兴战略"以来，这里的变化真是日新月异，党的好政策给大山深处的故乡带来了富裕、文明、欢乐、和谐和美丽。

有朋友因为是第一次来，看到美丽的山光水色，看到清澈见底的江水，看到浅滩上水花的飞溅，看到清水中快乐戏耍的游鱼，看到两岸原生态的青山翠竹，听到欢快的鸟叫声，忍不住一面拿起手机不停地拍照，一面频频地说道："太美了，太美了……"

因有新朋友来，儿时的伙伴善君就邀请我们坐竹筏游江。

我们来到江边，坐上竹筏。看到我们坐稳后，他拿起长杆往岸上一点，竹筏徐徐驶进江心。

看着眼前清澈的江水，朋友忍不住掬水在手，喝上一口。在清澈的流水面前我们脱掉鞋子，用脚随意拍打着流水，让清冽的江水尽情地亲吻脚丫，享受那份独有的惬意和清凉。竹筏顺江漂流而下，一边是郁郁葱葱的树林，一边是翠绿的竹林，还有那远处绿色的田野、小桥流水和炊烟袅袅的村落，这一切在浮云彩霓中时隐时现，亦真亦幻。

善君将竹筏缓缓地撑着，两岸的景物从身边慢慢地走过，我们仿佛漂游在一幅长长的水墨画卷里，处处充满诗情画意。坐在竹筏上漂流，我真正感受到了"筏在江心走，人在画中游"的意蕴。

故园情是人的一种特性。乡愁是故乡的一条河。善溪江，我故乡的河，无论我走到哪里，滋养我成长的这条故乡河是我心中永远的牵挂。

（原载2019年7月26日《湖南日报》）

母亲心中的路

在翻看手机时，看到一张多年前母亲与乡亲们在修公路时的照片，那是我儿时的伙伴用手机拍下的一张照片。这张照片把我的思绪带回了遥远的湘西老家，使我的脑海里不由得浮现出那一个个关于母亲心中的路的故事。

我的老家在大山的深处，屋前屋后，全都是山，到处长着茂密的树木。记得小时候，去乡里要走三十多里路，那时在我们那里，别说汽车、摩托车，就是自行车也是没有的。

小时候，我常和小伙们沿着印满牛蹄印的高低曲折的山路去大山里砍柴，年幼的我们常常挑着柴走在窄窄的、很陡的山路上，现在回想起来都有点害怕。因为山路实在太陡，每一步都要走稳，一不小心就可能滑倒甚至滚下山坡。

去乡里，去村小上学的路也是崎岖的林间小路。去村小上学，我们要走三四里隐没在茅草丛中的小路。如果碰到有露水的日子，我们走到学校时裤子、鞋子都是湿的。

路是对外的连接点，村民下山上山，来来往往，去乡里赶集，都得走这条小路。记得那时，母亲常跟我们说，要是能把这条小路修宽点就好了。母亲不仅心里这么想，还想方设法去将这个愿望变成现实。后来，母亲挨家挨户去乡亲们家中动员，发动村里人一起来修路。在她和村民的努力下，终于把这条通向山外的小路修宽了。路修好后，我们去村小上学，裤子、鞋子不会再被露水打湿了。小伙伴们经常在我面前称赞我母亲，那时我觉得特别自豪。

后来，邻村通了公路，尽管公路没通到我们村子里，但乡亲们仍很高兴。看到周边的村通公路了，母亲常跟我和在家乡工作的哥哥说："邻村都将公路修到家门口了，我们村也要想办法将公路修到村里来。"因为是大山深处的村子，一个自然村就一百来号人，要修公路，需要几十万元。几十万，对于一个大山深处的山寨来说，谈何容易？我和哥哥就"故意"跟母亲开玩笑，说她是"爱管闲事的乡村妈妈"。母亲没有理会我们，那段时间，她常与村干部们讨论修公路到村里来的事情。在母亲和村干部的发动下，通过村民的努力，终于修通了村里的公路，终于把公路修到了家门口。

那年春节回家过年，我第一次开车回家。回到家后，母亲说："你看，现在多方便，车可直接开到家了，要是没通公路，拿点东西都要肩挑，多不方便！我们把公路修好，既方便了村民，也方便你们这些在外工作的人常回来看看。"母亲说这些时，我的眼睛湿润了。

公路通到了村里，但因为是泥巴路，一到下雨天就坑坑洼洼，车子行驶在上面犹如跳舞。如果接连下雨，出行就更加困难，泥泞的道路更显湿滑，车子都只能停在山脚下，不敢开上山来。这时母亲的心愿就是要把村里的硬化公路搞好。党的好政策让母亲的愿望很快变成了现实。国家实施"精准扶贫""乡村振兴战略"以来，家乡的公路建设彻底打了翻身仗，一条高速公路从家乡穿过，村里的主干道全部是硬化公路，自然村的公路也全部要硬化。母亲平时待人仁慈、温和，但做事很有原则，有时也很刚气。要硬化公路，村里就选母亲去监工，母亲满口答应，义务监工一干就是十多天。村里人都说这条路修得特别好，听到大家的称赞，母亲心里特别高兴。

母亲牵挂村里通往山外的这条路，她更关心我们兄妹的人生之路，她常说最大的希望就是我们兄妹能有出息，这样她干活也就不觉得累了，吃再多的苦也值得。

母亲没读什么书，但教育孩子很有方法，常常以讲故事的方式来引导我们，也常用身边的一些成功人士的事例来激励我们。小时候，在地里干活，在昏暗的煤油灯下，在门前的老梨树下，我们兄妹常听母亲讲那一个个做人处事的故事，一个个励志的故事。小时候听这些故事似懂非懂，但受故事影响我们兄妹都很懂事，常常受到村里人夸奖，学习也非常刻苦，让奖状贴满了墙。

母亲对我们兄妹学习非常上心。让我印象特别深刻的是我上初中时，我家离学校较远，每天都要走十几里地去乡中学上学。每天母亲都要早早起床，为我们做早餐。那时的农村家庭是很少有手表的，计时主要靠看日月或者听公鸡打鸣。为了不让我们上学迟到，每天母亲听到公鸡叫晓的声音就起床给我们做饭。记得有一次快期末考试了，母亲给我们做好了饭，但天还没有亮，第二天才知道是邻居家晚上捉鸡，他家的鸡叫弄整个院子里的鸡跟着叫，而母亲以为天亮了，于是就起床给我们做饭。

母亲对我们管束特别严。不过她批评我们也很讲究方法，从不当着外人的面批评我们，都是在夜深人静的时候关着门来教育或惩罚我们。记得有一次，我去山上放牛，结果与小伙伴们玩扑克牌忘记了放牛这事，我家的牛把人家的庄稼给吃了。庄稼对农家人来说那是一家人一年的收成，那天母亲主动向那户人家说了很多声对不起后，把我家地里长得最好的一块庄稼赔给了别人。晚上，母亲流着眼泪用竹枝狠狠地打了我屁股，从那以后，我养成了做什么事情都很认真负责的态度，至今依然如此。

受母亲的影响，我们兄妹相继考上大学离开了那个山村，都在城里工作生活，但母亲还时常打电话来给我们讲做人做事的道理。记得我刚参加工作时，母亲说到了一个单位要虚心学习，要勤奋工作，要真诚待人，要大度包容，要懂得感恩，同时也要注意好身体……母亲的话我一直铭记在心，如果说这些年来我能在工作中取得一些成绩，常怀敬畏之心，真诚对待每个人，认真做好每件事，大度包容，从不斤斤计较，感恩组织、感恩帮助关爱过我的每一个人，这都得益于我的母亲。

我离开家乡已经快20年了，现在母亲也常常打来电话，告诉我做人做事的道理。尽管这些话我听了很多遍，已经能背出来，但每次我都是用心去听，也都是用心去做。

母亲心中的路，无论是她牵挂的在茅草丛里蜿蜒，时隐时现的山间小路，到后来自然村的公路，再到硬化公路，还是我们兄妹的人生之路，都承载了她的希望。这种希望也一直在激励和鞭策我不断去努力，永不放弃奋斗，走好人生路。

（原载2019年8月30日《南方日报》）

家乡的野菜

　　每次回乡下老家，也许是知道我喜欢吃野菜的缘故，父亲总要嘱咐母亲给我做几个野菜，比如香椿炒蛋、竹笋炒腊肉、山芹菜等。每次吃着父母特意为我做的野菜，我的思绪就回到了过去，回到了在家乡采野菜、吃野菜，去集市卖野菜的难忘时光。

　　野菜长在田野，是一种无化肥、无污染的天然绿色食品，具有质地新鲜、风味独特、营养丰富的特点，有很高的营养价值。古人早就赞美野菜是美食，并把野竹笋、龙须菜、大口菇等列入"八珍"之内。苏东坡赞美野芹和春笋道："西崦人家应最乐，煮芹烧笋饷春耕。"杨万里春游时，美丽春景无心观赏，一心只想寻野菜做盘中美味，他说："绿暗红稀非我事，且寻野蕨作蔬盘。"陆游也有采食野菜的诗句："晨烹山蔬美，午漱石泉洁。"现代作家周作人的《故乡的野菜》也是经典名篇。今天，吃野菜更是成了一种时尚，一种健康的生活方式，越来越多的野菜进入家庭、餐馆，成为餐桌上的美食佳肴。记忆中，我最喜欢吃的是香椿、竹笋和蘑菇，这些野菜也时常出现在我梦中，很香、很有味道，醒来后还回味无穷。

　　我出生在一个林区山村，童年时，村里男女老少都喜欢采摘野菜。父亲是一个善良淳朴的农民，他在干好农活的同时，为了多挣点钱供我们兄妹几个上学，常去山上采摘野菜，然后拿到街上集市去卖。从我记事起，父亲就领着我认识野菜，告诉我各种野菜的名字、作用、味道，辨别的方法，采摘的技巧。

　　因为是林区，家乡的野菜有几十种之多，常见的也有二十多种。春暖花开的时候，田野里到处生长着野菜，香椿、竹笋、山芹、蕨菜、蘑菇、百鸟不落……每当看到田野里成片的野菜时，我与小伙伴们就会高兴地蜂拥而上展开一场争夺战，一双双小手将野菜从松软的土地里连根拔起，争先恐后爬上树摘，心急火燎地放在篮子里后，又是一阵你追我赶、打闹嬉戏。一边采野菜，一边享受着泥土的芳香、自然的清新。每次采野菜，看到篮子里的野菜慢慢盛满时，一种幸福的收获感就会油然而生，自己犹如一棵小草，和春天一起成长。

　　偶尔我也跟随父亲去集市卖野菜。记得上初中时，一天晚上，父亲走进我的房间，要我第二天跟他去街上的集市卖菜。那天我跟着父亲来到集市，一比较才发现，别人的野菜都是水灵灵的，新鲜诱人，相比之下，我们的野菜显得土头土脑。买我家野菜的大多是一些老顾客，并且都不还价。那些在我家菜摊前看一下又去别人菜摊比较的人，大多选择买别人家的野菜，因为别人家的野菜看起来实在比我们家的诱人得多。到了下午，经过上午太阳一晒，别人家洒过水甚至用水洗过的野菜，菜叶有的变色了，有的烂了，再也没有上午那么诱人。而我们的野菜依然还是上午的那个模样，尽管我们家的野菜价格没有降下来，但还是有不少人选择买我家的

菜。卖完菜，在回家的路上，我问父亲为什么买我们家野菜的上午
都是些老顾客，下午却有不少新顾客。父亲说："上午我们的野菜
由于没有洒水，没有洗过，那土里土气的样子，没有别人家的新鲜
诱人，只有老顾客经过长久的打交道，知道我们采来的野菜好，货
真价实；下午，由于我们的野菜没有洒水，没洗过，菜不会轻易变
色，更不容易烂，还是上午那个样子，相比之下，下午就有不少新
的顾客来买我们的菜，并且这些人会慢慢加入到老顾客行列中。"
父亲说："要你出来卖菜，只是想告诉你，做人做事不要耍花架
子，展示真实自我才能长久。"人生就如卖菜，这么多年来，无论
是学习、工作还是生活，我都牢记父亲卖菜的哲学，勤奋学习，扎
实工作，老实为人。父亲的卖菜哲学至今让我受益匪浅。

　　家乡的野菜，在我心中不仅仅是一种记忆，更是一种情愫，
一种刻在心底的思念。

（原载2017年5月16日《羊城晚报》）

山乡巨变

　　在我的记忆中，上高中之前，村里是不通电的，人们照明用的是家家户户自制的煤油灯。那时到乡供销社买煤油是要凭票的，没买到煤油的人家也有点松油的，有的人家为省油，如果有月亮，就借助月光在院子里干活。

　　我家的煤油灯是父亲用一个罐头瓶和几根小铁丝做成的。在煤油灯下，我们兄妹借着微弱的灯光，做老师布置的家庭作业或看借来的《西游记》《三国演义》《水浒传》……父母借着灯光忙着各自的活儿。有时，全家人各自的事忙完了，我们兄妹几个也会在昏暗的灯光下，听父母讲故事，讲家族的历史，讲怎样做人与处事，讲生活的艰辛和幸福。

　　直到初中毕业，我家只接过一次电话，那是小学五年级的时候，一个远方亲戚从县城打来的。那天，我和哥哥正同父母在地里流着汗干活，村主任的老婆在对面山头喊我父亲的名字，要他一个小时后去村主任家接电话。大山里，山路崎岖，俗话说"看见屋，走到哭"，我和父亲走了三里多地去村主任家。摆在村主任家的这部黑色有摇手柄的电话机是村里唯一的电话机，乡亲们打电话接电话都得来这里，并且都要通过乡邮电所转达。乡亲们来接电话，对方一般都得打两次，第一次跟村主任家约好乡亲们接电话的时间，第二次打来时乡亲们才去接。那时，乡亲们很少接电话，也很少打电话。这部村里唯一的电话机，在村主任家也是像宝贝似的，只有村主任和他老婆可以接打电话，家里其他人是没有这个权限的。

我读高一的那年，村子里通了电，记得通电的那天，家家户户高兴得像过年似的。读高三那年，我们村里有了程控电话。我叔叔家安装了一台程控电话，那自豪的劲儿比现在修了一栋"小洋楼"还有余。读大二时，邻村通了公路，乡亲们很高兴，说到乡里赶集只要走五六里路就可以坐车了。大学毕业时，村里通了公路，再后来，硬化公路也通到了家门口。

前不久，我回了趟乡下老家。从广州坐高铁，然后走高速公路，回到家才4个多小时。父亲感慨地说："记得以前，我们去广州，要先花一天的时间赶到县城，再坐十多个小时绿皮火车才能到，现在交通真是太方便了。"

在老家，陪父母和乡亲们聊天，父亲说现在乡亲们人手一部手机，一个家庭都有好几部手机，还说现在村里也有网线了，很多乡亲用上了Wi-Fi，学会了用微信。他举了个例，堂哥在山里放牛，堂嫂要他回家吃饭，以前是站在山头喊，后来是用手机打电话，现在变成微信语音了。母亲接着说，以前我们点煤油灯，连煤油都很难买到，现在村里大多数的乡亲都有彩电、冰箱、洗衣机、DVD、打米机了，不少家庭还买了小车。邻居张大爷也兴奋地说，以前村子里高中生都没几个，现在大学生都很多了，有的还读硕士、博士了。回村里，我还发现一个喜人的变化，村里的生态更好了，不仅河水清澈得可以看见江底的沙石，可以看见成群的鱼虾，就连多年未出现的野兔、野鸡、野山羊、野猪，现在山里又出现了。

　　站在乡村的田野，欣赏着让人心情舒畅的美丽乡村，我在想，改革开放40年，我的乡亲们从点煤油灯到用上Wi-Fi，这不能不说是个奇迹。但我更相信，在今天这样一个伟大的新时代，小山村一定会更加美丽，父老乡亲们的明天一定会更加美好。

（原载2018年12月28日《羊城晚报》）

感谢父亲

父亲快70岁了，村子里像他这年龄的人大多不干活了，要干也只是种点供自己吃的菜而已。但父亲是个闲不住的人，不但种了自家的地，还把邻居家不种的地也要了过来。

父亲是种庄稼的能手，他曾被乡亲们选为村民小组长。当村民小组长的那几年，父亲带着乡亲们每年粮食产量在乡里遥遥领先。他还曾被评为乡里的农业生产先进代表，选派到外地参观，现在说起这些他都很自豪。

父亲有说不完的农耕俗语，我从他那里学会了"犁地深一寸，等于上层粪""人误地一时，地误人一年""栽后护理要认真，光栽不护白搭工"等俗语。我还从他那里听到很多观看天气的谚语，比如"今晚花花云，明天晒死人""朝霞不出门，晚霞行千里""天上鲤鱼斑，明日晒谷不用翻"……

为了改善家里的生活条件，父亲认为在种好庄稼的同时，还是有门手艺比较好，于是拜邻县一个很有名气的木匠为师。尽管学木匠时，父亲已经三十多岁了，但凭着勤奋好学和做每件事都很认真的个性，他的手艺很快得到大家的认可。大家都喜欢请他去做木活，方圆几十里很少有人不知道"王木匠"的，我们村里的很多房屋都见证了他的劳动。

父亲坚信知识能改变命运。读书不多的他深知自己在事业上不可能有太大的成就，于是把所有的希望和心血都寄托在我们兄妹身上。父亲经常外出做木活，接触的人多，自然也学了不少故事，还有《朱子家训》之类的家训。受母亲影响，他也常以讲故事的方式启发我们，我们兄妹也很喜欢听他讲故事。

有一个他改编的"三个女婿拜寿"的故事，令我记忆犹新。话说从前一户人家有三个闺女，相继出嫁，大姑爷、二姑爷都是有钱有势的人，三姑爷是个木匠。三个女婿去拜寿，岳父岳母和大姑爷、二姑爷都看不起三女婿。后来，三女婿在夫人的鼓励下，发奋读书，考中了文状元。他再到岳父家拜寿，就没人敢看不起他了。父亲通过这个故事告诉我们：有知识，才能受到别人尊重。

他常跟我们兄妹说他最大的心愿就是我们多学点知识。小时候，听父亲的话似懂非懂，但在他的督促下，我始终发奋读书，奖状贴满了墙。

父亲对读书的重视，不仅体现在对子女的教育上，也包括对他的弟妹。父亲常给我们讲一个他送叔叔上学的故事。

叔叔初中毕业后，要去另一个乡上高中，爷爷是文盲，一字不识，这个乡也没去过，自然送叔叔去上学的任务就落到了父亲的头上。那时交通很不方便，没有通公路，没车可坐，去那个乡要走五六十里山路。上学前，父亲从邻居那里问了去那个乡的路，但他带着叔叔走到半路时还是迷路了。大山里没什么人家，问不到路，叔叔很着急。父亲沉默了一会儿，想了想说："沿河走，因为我们乡的这条河是那个乡流过来的，沿着河走肯定可以到达那个乡。"就这样，父亲带着叔叔沿着河多走了几十里山路把叔叔送到了学校。安顿好叔叔后，父亲又连夜返回家，夜深人静的大山里，他麻着胆子，走走停停，停停走走，特别是半夜里传来的猫头鹰诡异的叫声，让父亲毛骨悚然，就这样一个人在大山里走着，回到家时已经天亮了。

父亲是一个坚强的人。记得上高中那会儿，哥哥正在上大学，妹妹也在上学，家里非常困难，看到家里这种情况，我主动跟父亲说我想去广东打工，自己赚足学费再回来考大学。父亲听了我的想法后坚决不同意，他说要带我去借钱，让我继续上学。

当时我有一位亲戚生意做得还不错，与我家交往也较多，父亲带着我去那亲戚家借钱。出发时父亲满怀信心地对母亲说："你在家等着，我们会借钱回来的。"当父亲和我走了两个多小时山路，买了几十元钱的礼物，到了那位亲戚家说明来意后，亲戚却语气冷淡地说，他的钱都投到生意中去了，手头没现钱，要我们先回去，开学时，再给我们寄钱来，还说我其实没有上学的必要。在回家的路上，我和父亲很沉闷地走着，一句话也没说，很晚才回到家。

到了开学的日子还没有借到钱，父亲把留着过年的猪卖了，变成了我们三兄妹的学费。

为了供我们上学，为了赚钱，那段时间，父亲只要听到有木工活，就飞快地挑起装着斧子、刨子的工具架离开家。没木工活，他就在地里拼命地干农活。有一次父亲在地里干活，他实在太疲倦了，想在地里休息一会儿，结果一坐下来就睡着了，半夜里，我和母亲才从地里把他找了回来。

在父亲眼里，我是个长不大的孩子。高三那年，奶奶去世，紧接着爷爷也去世了，我经过两天两晚的苦苦思索，再次做出了去沿海城市打工，自己赚足学费再回来复课考大学的决定。由于这一年多的变故，父亲深知自己实在是难以支撑我再去读大学，于是同意了我的想法。

去打工的前一个晚上，父亲眼里噙满泪水哽咽地对我说："是我没能力，要不然你也不用出去打工。"

"爸，您千万别这么说，像您这样把我们三兄妹都送去读书，在村子里是第一家，我们兄妹很感谢您。"

"一个人出去，要注意身体，要记得按时吃饭，家里有办法了，你就回来读书。"

"爸，我知道的，您放心吧。我都十八岁了，您不要担心。"说这些时，我的泪珠一串串地掉了下来。

参加工作后，父亲也常打来电话，电话里头也总是重复那几句话，"要多吃饭，注意身体，好好工作"之类的，感觉在他眼里我是长不大的孩子。尽管这些话我听了很多遍，但他每次打电话来，我都静静地去听，用心地去做。

现在，我们兄妹都在城里工作和生活，曾多次商量要把父母亲接来城里住，但父亲每次都说："在农村生活很好，也习惯了，来城里反而不适应。"我心疼地说："爸，您不要太累了，干这么多活有什么用呢？"父亲说："现在干得动，就多干点吧。"母亲说："你爸是闲不下来的，你看今年玉米都收获2000多斤，谷子也是几十担，还养这么多牛、猪、鸡，每天晚上十一二点才睡，早上五六点就起床了。"听父母讲这些时，我眼里不争气地噙满了泪水。

从老家回到城里，脑子里总是浮现出父亲的身影，夜深人静，望着繁华都市的霓虹灯，我毫无睡意，特写下这些文字。感谢父亲！！

（原载2018年11月7日《南方日报》）

故事

GU SHI

传递

　　那是一个寒冷的冬天，我在家乡县城的一所中学念高一。那时候，我们村没有通公路，从学校回趟家，先要坐车到乡里，然后再走30多里山路回家。念高中那段日子，我一般是要等到放寒暑假才回家的。那是11月底，因为我要回家取钱，不得不中途回趟家。那天上午上完四节课，我就往家里赶，车子到乡里时已是下午5点钟了。

　　由于没伴，下车后我只好一个人快步往家里赶。那天天空飘着雪花，天格外冷。连绵起伏的大山，一座挨一座。我在寂静的深山里走着，为了给自己壮胆，我一路上在心里背课文。在荒山野岭中我走走停停，停停走走，不知不觉就走了20多里山路。

　　因为是冬天，天黑得也格外地快，走着走着光亮一点一点地收起，天色暗下来了，我在大山里走着，仿佛进入了一个黑绒绒的布袋里。那时，我身无分文，也没有手电筒，为了赶上回乡里的那趟班车，中午没有吃饭，走了这么远的路，很疲累，也很饿，两条腿又酸又麻，有点走不动了。我有点胆怯，有点着急，山里不时传来猫头鹰诡异的叫声，令我毛骨悚然。突然，一只黄鼠狼从我跟前闪过，吓出我一身冷汗。

夜深人静雪纷飘。当我走到一个离家还有六七里路的山坳坳时，看到了不远处忽明忽暗的灯光，那束灯光给了我力量，我突然想去那户人家讨点东西吃，立刻觉得身上有了热力，腿也有劲了，快步往那户人家走去……

快走到屋前时，我又犹豫了。我想，这户人家不认识自己，凭什么会给一个陌生人东西吃？

走到那户人家门前，门是关着的。站在门前，静了一会儿，深吸了一口气，我敲响了那扇门。

门开了，我的心也跟着怦怦地跳。

开门的是一位60多岁头发花白的老奶奶。一位普通的中年妇女和一个10岁左右的男孩站在她身后。

"我可以到您家……喝……碗水吗？"我满脸通红，甚至红到脖子上。

"行啊，元宝，给这位哥哥倒碗水。"老奶奶慈祥的脸上带着微笑，让她的孙子去给我倒水。

听到喊声的孙子，抬头瞥了我一眼，应声回答道："好咧！奶奶。"小男孩麻利地给我倒了一碗水来。

我接过碗，把水喝了。

"后生，你要去哪里？"老奶奶问，她看出我还不想走。

"我是山羊溪的，在县城读高中，要回家去取生活费。"

"妈，他是不是太饿了，我们给他碗饭吃吧？"中年妇女在老奶奶耳边轻声说道。

"你没呷饭吧，要不到我屋里呷碗饭。"老奶奶立刻领悟到，笑容满面地对我说。

我不好意思地点了点头，跟着老奶奶进了茶屋。茶屋里摆设很简陋，这是一户普通的山里人家。山里人的茶屋既是饭厅也是客厅，山里人来了客或一家人吃饭聊天都在这里。老奶奶让我坐在茶屋的火塘边，用铁锹把木炭火扒开，露出红红的炭火，我立刻感觉身子暖和多了。这时，中年妇女从菜橱里端来一碗干红辣椒炒的腊肉，给我盛来满满的一大碗米饭，并一个劲地说读书人挺辛苦，要我多吃点。那天晚上，可能是我太累太饿的缘故，一大碗腊肉和满满的一大碗米饭被我扒拉得一干二净。当吃完最后一口饭时，猛然意识到怎么一下就把别人的菜全部吃完了。想到这里，脸轰地一下又红了。旁边站着的中年妇女还要去给我盛饭，我实在不好意思，一下子站了起来，连忙道谢。

吃完饭后，好心的主人给我弄来杉木皮火把，要她儿子点燃后送我一程。从那户人家出来，尽管天空还在飘着雪花，寒风冷冽，我身躯疲惫，但心里却异常温暖，我对那户人家充满了深深的敬意。

回家后，我将这事告诉了父母。我不识字的老实巴交的做农民的父母没有给我讲太多的大道理，父亲只说要我记住这户人家，要记住别人的恩情。母亲要我像那天那样有勇气，不要被害羞犹豫耽误了自己。

时光流逝，年复一年。后来我和哥哥、妹妹都相继大学毕业，离开了那个小山村，都在城里有了工作，安了家，但那顿饭和父母的教诲我却一直牢记在心。

后来我的家乡通了水泥路，我回家不必再经过山里那户人家了，但每年回家陪父母过年，我都要去山里那户人家走走，或带点城里的礼物。我也牢记要去帮助别人，在街上，在路边看到乞讨的人，我总要给他们一些零钱，有时也知道有些是职业乞讨，甚至被朋友批判过多次，但我依然如故。

有一次，我在火车站给一位失窃了所有财物的年轻人一百元作为车费，那青年执意留下我的地址，半个月后，给我寄来了一百元和一封感谢信。

在给青年的回信中，我把山里的故事告诉了他。写完信，窗外阳光明媚，清风送来沁鼻的花香……

（原载2018年12月4日《羊城晚报》，入选2019年广东省初中毕业生学业考试语文模拟试题，河南省名校专用试卷）

在城里有块菜地

　　刚参加工作时在城里买不起房子，在市中心租房也觉得挺贵，于是就到城郊租了一个房子，离上班的地方是远了点，但空气新鲜，也比较清静。房子旁边有一块荒地，去我那里玩的朋友就说可以把它开垦出来种菜。

　　受朋友的启发，我还真说干就干，利用了两个周末，终于把那块荒地开垦成了一块菜地。菜地开垦好了，我就开始着手种菜。我出生在农村，上大学之前在家里帮父母干过农活，在家里种过菜，知道什么季节种什么菜，也知道怎样去防虫害、打杈、压蔓，怎样有针对性地施肥。为了种好菜，我特意从老家湘西农村捎来菜种子，在菜地里种上了辣椒、茄子、豆角、苦瓜、丝瓜、南瓜、韭菜、菠菜、番茄等蔬菜，当然，我也会根据季节的变化不断变换着菜的品种，比如在秋冬的时候，我会种上白菜、萝卜等。

　　在开垦的荒地上种菜，完全是自己兴趣所至，完全是为了自给自足，但也是一项非常令人愉悦的事情。我喜欢读书、思考、写作，有时在屋里读书、思考、写作累了，想出去放松一下，呼吸一下新鲜空气，我就会去菜地里看看，看着挂满枝头的辣椒、茄子、苦瓜、丝瓜……看着这些"小宝贝"，会使我顿感一种宁静之中的喜悦，一种说不出的悠闲感也会油然而生。有时心情不好的时候，菜园也成了我心情的调节器，当我看到菜地里这些可爱的小家伙，一股甜美的快乐感就会涌上身来，心情也随之变得好起来。有时候，我戴上特意从老家带来的农家斗笠，在菜地里捉虫、拔草、施肥……感觉自己就是一位经验丰富的老农。我也时常在想，我原本不就是一个农民吗？我家世代农民，祖上没出过秀才，更不用说举人、进士之类的大人物了，如果不上大学，不去读研究生，说不定我现在就在地里干活，说不定还就是一菜农。在繁华的都市里的这么一块小菜地，也成了我工作之余的牵挂。每天下班回来，我都要去菜地里看看有什么变化，然后浇水、拔草、捉虫、施肥……如果去外地出差，我也会挂念我的菜园，如果出差久了，我还会打电话给邻居，请他们帮忙照顾一下菜园，要邻居给菜地浇浇水。

有了这么一块菜地，我基本上不用再去菜市场买蔬菜了。当我菜地里的菜食用不完时，我也常会到菜地里摘些菜，比如辣椒、茄子、苦瓜、丝瓜等，送一些给邻居和朋友、同事们享用。每当他们吃了我送的蔬菜，都羡慕我有这么好的一块菜地。他们对我种的菜大力赞美一番之时，我表面上谦虚一下，但心里每次都是美滋滋的，得到赞美的我干起活来也更有劲了，也常在工作中得到同事们的夸奖，老说我工作精力充沛、干劲十足。当然，碰上周末或者节假日，我也会邀上三五个朋友来我家，让他们尝一尝我菜园的最新成果，也顺便带他们到我的菜地看看。不少朋友来到菜地里之后，总要帮我干干活，比如捉捉虫、拔拔草、浇浇水什么的。

劳动永远是快乐的。后来我在城里买了房子，住进市中心，不能再拥有这样一块心爱的菜地了，但我却时常想起那块菜地，想起在菜地里劳作的情景，想起在菜地里发生的那一个个让人难忘的故事，想起那段快乐的岁月。

（原载2019年6月12日《羊城晚报》，入选学习强国平台）

希望的力量

　　这是多年前的一个故事。那时我在湘西南的一座城市里生活。

　　在这城市中心的休闲广场，晨练的人很多。我也常去晨练，在广场边上，我常看到一位瘦小的拉二胡的卖艺老人。

　　那是一个明媚清新的早晨，太阳正慢慢升起，大地镀上了金色。晨练后，出于好奇，我与老人聊了起来。

　　老人穿戴干净。这使我想起自己小时候的样子，尽管那时我们兄妹穿着缝补过的破旧衣服，但父母总让我们保持着整洁。父母常说人穷志不短，不要因为家里穷而使自己失去追求，萎靡不振，把自己弄得一副邋遢的样子。

　　老人拉二胡很认真，拉的也都是一些积极向上的正能量乐曲，比如《好人好梦》《祝你平安》《爱的奉献》等。琴声也很动听，休闲广场上来来往往的行人，有不少被琴声吸引，屏声静气，驻足聆听。也有好心人把一元钱的硬币或几角钱的纸币放在他面前的小盒子里，当然也有五元、十元、二十元……

　　每当有人放钱，老人都会真诚地说声"谢谢"，然后继续拉着他的二胡，身心完全沉浸在音乐渲染出的那种至真至纯的艺术氛围里。

我是听村里人拉二胡长大的。记忆中，村里人在忙碌之余，常在我家的那棵老梨树下拉二胡。村里人的二胡大多是自己做的，竹筒蒙上蛤蟆皮或蛇皮做成二胡，样子粗糙，但拉出的声音却很美。

邻居张叔叔拉二胡特别动听。他拉的《十送红军》《八月桂花香》《十五的月亮》等乐曲，现在我记忆仍特别深刻，那琴声也常在我的耳畔萦绕，特别是夏日的夜晚，银白的月光洒在地上，夜的香气弥漫在空中，那动听的琴声如同注入我们身心的一股清风，醉了我们，也醉了乡村。

老人告诉我，他来自一个偏僻的小山村，老伴早年去世了，他唯一的儿子五年前在车祸中不幸去世，后来儿媳妇也走了，留下了他和正在上小学的孙女，他来到这个城市在休闲广场卖艺就是希望能多挣点钱供孙女上学。他说孙女现在上高中了，成绩很好，学校也给了他孙女助学补贴和奖学金。说到这里，老人脸上写满了喜悦。

我问他从乡下来到城里，人生地不熟，生活会不会很艰辛？

老人没有正面回答我，而是指向太阳升起的地方，说："当你朝着太阳升起的地方走去，就会觉得每天都是新的。有希望就有力量，就觉得生活很美好，永远是春天。我的希望就是我的孙女能有出息。我现在最大的愿望就是把孙女送进大学的校园。"

他接着说："当你背向太阳的时候，你只看到自己的影子。人要学会向前看，人生风风雨雨，不管曾经怎样，朝着太阳升起的地方走去，阴影就会被抛在身后。"

没想到一位卖艺老人的话如此充满哲理。老人的话让我很受启发，也让我想起了我的父母。

我家在大山深处，那时不少孩子因家里穷，没读几年书就走出大山打工去了，但我父母却省吃节用，宁愿自己吃苦，也要让我们兄妹坚持上学。

父母常跟我们说，他们最大的心愿就是看到我们多学点知识，将来能有出息。这样他们干活也就觉得有劲，不累了。

父母靠着体力长年累月在那块贫瘠的土地上耕耘，但耕来耕去，一年到头却挣不到几个钱。记得那年，为了我们兄妹的学费，父亲把外公送给他的结婚礼物——一把流传了几代人的老玉烟斗也卖了。

父亲卖烟斗的那天我很伤感，一个人偷偷地躲进屋后的山里，默默地坐在一棵老松树下，泪珠不断地往下掉，在心里暗暗对自己说，将来一定要把父亲的老玉烟斗赎回来。

我参加工作后，几经周折，终于在外省的一户人家找到了这把几易主人的老玉烟斗，当我向买主说明情况后，买主被我感动了。在父亲生日的时候，我把赎回的这把老玉烟斗作为礼物送给了父亲。看到曾经的烟斗再次回到自己手中，父亲激动得泪流满面。

有希望就有精神支柱，就没有克服不了的困难。我的父母就是凭着心中的希望，靠着卖苦力，把我们三兄妹都送进了大学校园。

不同的人有不同的希望，有人希望有财富，有人希望有美丽的容颜，还有人希望有名利，而这位卖艺老人的希望是给自己孙女圆梦。

那天，我在老人面前的那个盒子里放了100元钱，这是我对这位携着希望卖艺的老人深深的敬意，由衷的敬意，更是在给老人增添希望的力量。

这件事过去很多年了，我也离开了那个城市，但我却时常想起那位老人，想起老人那段充满哲理的话。我相信，老人的孙女一定早已走进了大学的校园，早已圆了老人的心愿。

（原载2019年7月30日《羊城晚报》，入选学习强国平台）

不要遗忘了写书信

　　前几天，一个朋友带着颤抖的声音给我打来电话，说他有喜事要与我分享。我在电话里反复问他有什么喜事，他始终不答，故作神秘状，说见了面就知道。下班后，他把我约到一家咖啡馆，我刚坐下，他就从衣袋里拿出一个信封摆在桌上，要我猜里面是什么东西。信封是背摆着的。朋友业务能力强，工作也积极肯干，但工作20年了，在单位依然还是中层副职。看着他那副高兴劲儿，心想这家伙肯定是熬成正职了吧，于是说是任命书，他听了直摇头。然后，我猜是奖金，结果也不是。因为朋友也爱好写作，我想那只怕是有大作要发表，结果也不对。朋友看我猜不出来，高兴地大拍了一下桌子，高兴地唱着歌儿说："我儿子从北京给我写的信。"没想到儿子的一封信，竟让他如此高兴。

　　朋友的儿子很聪明，17岁的他今年高考考入中国青年政治学院，朋友说这是他儿子上大学后给他写来的第一封信。在通信发达的今天，有事打电话，发短信，发电邮，甚至可以视频聊天，在书信被人遗忘的时候能收到儿子亲笔写来的书信，真让他难以置信。他说拆开信封看到儿子给自己写在信纸上的那些文字，那种感觉是接电话、收电邮无法感觉到的。那天在办公室里,看着儿子来信中那字里行间浸透的真情,看着儿子那朴实无华的文字,这位四十多岁的中年男人竟然泪流满面。

从咖啡馆出来,与朋友分手后,我在回家的路上边走边想,因为现代通信方便,在电话里连对方的喘气声都能依稀入耳,在视频里对方形象清晰明了,想什么时候打什么时候见都很方便,关山万里近在咫尺。那种买信封,贴邮票,"见信如见面"的书信已经慢慢被人遗忘。然而就在大家遗忘书信的时候,朋友那种看信时泪流满面的感觉,不知有多少人曾经体会。

书信是一种特定的文化。司马迁那篇流传千古的《报任安书》就是一篇书信的名篇吧!《与妻书》《傅雷家书》《曾国藩家书》这些人们喜爱的传世之作无不是书信。"烽火连三月,家书抵万金。""乡愁是一枚小小的邮票。"这些名言佳句无不与书信有关。可以说大凡识得一些字的文化人都很难说没有受过书信的影响。

我是一个喜欢写信也喜欢读信的人。16岁开始我就在外求学、工作,也是从那时起,我就坚持给家里写信。尽管家里现在有了电话,父亲有了手机,但我还是坚持这个习惯。父亲只读了三年书,母亲是文盲。因此每次写信,我都言简意赅,经常写一些问候之类的话,特别是读高中那会儿,我总不忘在信里写一些"我会努力学习,将来有出息了,好好报答父母"之类的感恩的话。父亲也常给我回几封信,信中也常有诸如"人争一口气,佛争一炷香""吃得苦中苦,方为人上人""做人要正派老实"之类的劝勉的话。我写给父亲的信,他一封不差地都收在他的牛皮袋里。母亲说,现在父亲还经常把信拿出来看,有时看得泪流满面。母亲说特别是我上高中那会儿，家里经济困难，父亲总是拼命地工作，有时他在田地干活还带着一封我写给他的信，累了就看看我写给他的信，看完后他似乎又有了使不完的劲。听母亲说这些时，我的眼睛湿润了。

爱写信读信，不只是我有这样的情结，其实很多人都有。记得我上大学那会儿，在新生报到的第一个星期里，军训之余，大家都忙个不停，都忙着写信，争先恐后地往传达室跑，都抢着把班上的一大摞信往寝室带，翻出一封自己的信便欣喜若狂，翻来覆去找不到就有了那种"过尽千帆皆不是"的失落感。

书信从写信，写信封，贴邮票到寄出，有一个酝酿的过程，比打电话、发电邮、视频聊天慢多了，但这缓慢过程中能体会到很多细腻的感受，那种内心情感在纸笔间浸透，那种愉快，那种惆怅，读信时那种摩挲良久，掩而不读，读而忽掩，一读再读，读而藏之或悄然焚之的奇妙无比的绵长韵味，或许是其他通信方式做不到的。

我写这些并不是排斥现代的通信方式，我也正在享受着现代通信带来的方便快捷。但每当我给最亲的人、最好的朋友、最尊敬的人或有恩于我的人写信时，我还是喜欢用笔，把自己的情感淋漓尽致写在纸上，丢进邮箱，随之带走。

写贺年卡也是这样，每年我都会给亲人、朋友、尊敬的人、有恩于我的人寄些贺卡，每年我都是精心挑选贺卡，然后亲笔写上问候的话。每年都有人问我为什么不用电脑打，我的回答是因为我想让收到贺卡的人感觉到我的真情，而不是例行公事敷衍了事。

有一位爱看书信的朋友，曾给我推荐过一本叫《天涯》的杂志。这些年，我一直坚持读这本杂志，之所以能够坚持下来，一个重要的原因就是每期都能读到一两封各色人在不同时期来往的书信。

　　不要遗忘了给你的亲人、你的朋友、你尊敬的人、有恩于你的人写写书信。也许他在天边，也许他就在你身旁。当你有一天老到哪儿也去不了的时候，翻开你书写的或是你收到的那一大扎书信，也许泛黄的信纸已经残缺不全，但你一定会从这劣黄信纸中读到美丽的诗篇，看到美丽的风景。

　　　　　　　　　　　　　（原载2013年10月24日《羊城晚报》）

凤凰最美在清晨

很多人去湘西，去凤凰，是因为沈从文。也有人说，去凤凰就是想去看看写出《边城》的沈老先生家乡究竟是什么样子的，是什么样的灵山秀水赋予了先生如此笔力，写出如此举世闻名的美文。

我的老家在湖南怀化，从地缘上来说，与凤凰同属于大湘西。因为从小生活在湘西，也因为爱好文学的缘故，上中学时，我就开始读沈老先生的作品，比如《边城》《凤凰》《沅陵的人》《辰溪的煤》《老伴》等。上大学后，我又把沈老先生的作品反复地阅读。他的著作我不敢说全部理解，但每次读我都是用心去感悟老先生笔下的湘西。

老先生在他的文学作品里以湘西美丽的山水为背景，以湘西淳朴善良的乡亲为素材，以他那灵动而极富才情的笔触，把湘西特有的风土人情勾画得逼真传神，将他魂牵梦绕的故土描绘得如诗如画，让人回味无穷。沈老先生是我最喜爱的作家之一，我对他怀有崇高的敬意。我也试着学他用笔来描写湘西的风土人情，抒写湘西这块热土上的真善美。

　　有人说沈从文是湘西的一个符号，凤凰是湘西最美的精灵；说凤凰养育了沈从文，凤凰又因沈从文的作品而名扬天下。这座有山、有水、有吊脚楼，充满着神奇的古城，因为沈老先生笔下一个又一个神秘明丽而又动魄揪心的传奇故事，走向了世界。曾有一位外国作家称赞凤凰古镇为中国最美丽的小城。

　　我多次去过凤凰，每次去我都用心感受凤凰之美，湘西之美。经常去凤凰，但留给我印象最深的还是那年清晨到凤凰。那次去湘西开会，我坐了一夜的火车，第二天清晨才到凤凰。在晨曦中让我真正感受了凤凰的清晨之美。清晨的凤凰从沱江中苏醒，睡眼惺忪的小伙在沱江中的渔船上，唱着多情的山歌，打破了天蒙蒙亮时的那种江面上特有的宁静，三五成群提着衣盆来河边的女人与船上的小伙对唱着情歌，富有节奏感的捶衣声和着一阵阵悦耳的歌声笑声，惊醒了睡梦中的凤凰古城，店铺茶庄开门了，风雨虹桥上小贩的叫卖声传来了，早起的老人在晨雾中慢走，莘莘学子忙着匆匆赶往学校……清晨的凤凰处处是美丽绝伦的水墨画。清晨的凤凰使我想起了沈老先生曾在他的文章这样描述："一切光景静美而略带忧郁，随意割切一段勾勒纸上，就可成一绝好宋人画本。满眼是诗，一种纯粹的诗……一个人若沉得住气，在这种情境里，会觉得自己即或不能将全人格融化，至少乐于暂时忘了一切浮世的营扰。"清晨的凤凰之美，不是江南小镇的那种柔美，更不是北方集镇的那种粗犷之美，她是一位羞涩的美少女，含蓄而又多情。那年的那个清晨，我真切感受到了老先生笔下的湘西独特之美，真正感受到了清晨的凤凰那无与伦比之美。

如果有人要问我，你最喜欢什么时候的凤凰，我会毫不犹豫地说我最喜欢清晨的凤凰，因为凤凰最美在清晨。

（原载2019年8月4日《南方日报》，入选学习强国平台）

怀念一家旧书店

我喜欢读书，甚至可以说是嗜书，有时近于贪婪。小时候，家里没书，也没钱买书，我就去借书，为借书我经常义务帮人干活。记得读小学四年级的时候，我曾走了十多里地去表舅家借《三国演义》《西游记》和连环画来看。

因为买不起新书，"嗜书如命"的我就喜欢去逛旧书店。旧书店不但书便宜，并且能买到很多好书，甚至买到一些在新书店买不到的很有价值的书，或是若干年前出版的已经不易购得的专业书，或是有收藏价值的书，如有版本价值的书和作者签名的书。逛旧书店成了我的乐趣，也成了我的习惯。现在无论走到哪个城市，我都会习惯性地上网查查或者去打听附近有没有旧书店，也总会千方百计抽出时间去逛逛，去淘淘书。

来羊城工作后，记得第一个星期，我就向同事朋友打听哪里有旧书店。现在我也是一到节假日，总会去逛旧书店，每次都觉得乐趣无穷。广州很多旧书店我都去过，比如中山大学、华南师大、暨南大学、华南农大附近的一些旧书店，再比如小洲村、文明路、东山书城等地的旧书店，我也常去。去小洲村的旧书店，那次本来是去看传统村落的，结果在村口看到一家旧书店，就进店看书去了，后来我成了这家旧书店的常客。

逛旧书店也给我留下了许多美好的回忆，其中有一家二十多年前去过的旧书店，我印象特别深刻，这么多年来一直浮现在脑海，点点滴滴，记忆犹新。

那年十八岁，来自大山深处贫困农家的我，因家里无法承担我们三兄妹同时上学的学费，我不得不选择休学，来到沿海的一个城市打工，为自己赚取学费。爱好看书的我，打工之余常去附近的一家旧书店看书。记忆中的那家旧书店很小，两边各摆一书架，书架上摆满了书，房子中间摆着一些过期的杂志，留出的空间刚好够一个人进出。书店的主人退休前是一位中学教师，因为儿子在这个沿海城市工作，退休后就随儿子来到这里居住。老人在家里闲着没事，酷爱读书的他就经营起了这家旧书店。

有一次，我发现了一本历年高考数学试题集，就蹲在地上认真地看。他走到我跟前，说："小伙子，这是一本好书，你在这里打工还看这种书？"我抚摸着这本书角有些磨损的高考数学复习资料，心里十分喜欢，但又不知道价格是多少。这本书要是新书肯定要三十多块钱。老人见我有些犹豫，便笑着对我说："小伙子，还准备回去参加高考？"看到我点头后，老人说："有志气，好吧，这本书我送给你。"当时我真的有点难以置信。我要给他钱，老人却淡淡一笑，拍了拍我的肩膀说："我是位老师，看得出来，你是位有志气的青年，这本书就算我对你的鼓励。"

后来，为了学英语，我想找一本历年高考英语试题集。当时店里没有，但老人知道后，满口答应给我去找一本，要我过一段时间再来拿。当我再次来到旧书店时，老人从小书桌里拿出那本他没有放在书架上的试题集，并对我说了很多鼓励的话，要我坚持学习，不要放弃，并给我讲了他教过的一些学生的故事。异乡打工的我，听得眼里噙满了泪水。

在这家旧书店我觅来的好书又何止这两本呢？还有《中外文学作品选》《雪国》《平凡的世界》《沉思录》《传习录》……

那个让人难忘的秋天，赚够了学费的我回到家乡，重新走进了校园，后来考上了大学、读了研。参加工作后，我特意去找过那家旧书店，但旧书店没了，房子也拆了。那时也没留下老人的联系方式，也不知这位可亲可敬的老人现在身体是否康健，是否还在经营旧书店。离开那家旧书店已经二十多年了，但老人当年对我的帮助，对一位打工青年的关怀和鼓励，一直在激励着我。

在属于我个人的时间里，最大的乐趣就是读书、思考、写作。我有个习惯，每天都要抽出一定时间来看书，每每静夜清晨，前邻后舍灯火阑珊，家人也已入梦，这就是我读书的最好时光。我喜欢读书，家里藏了不少书，但几次搬家，有些书就送了人或捐了出去，但从那家旧书店带回的那两本高考试题集我却始终舍不得丢，也舍不得送人，一直珍藏在身边，并且格外珍爱，至今仍端端正正摆放在我家书柜的显眼处。

（原载2018年11月15日《羊城晚报》）

苦并快乐着

4年前大学毕业，我来到一家市级教育行政部门做秘书。记得上班第一天，主任找我谈话时说："秘书岗位是一个很锻炼人的地方，很多领导干部都是从秘书干起的，秘书既要懂理论政策，还要熟悉情况，其滋味在工作中你就会慢慢地体会到，你可要做好思想准备啊！"主任的话使我对秘书工作有了朦胧的认识。

记得有一天快下班的时候，局领导要我准备一个6000字左右的汇报材料，说市里通知第二天上午有领导要来我局听取工作汇报。那时真是急如星火，没有办法，我只好开夜车，挑灯夜战。当我奋笔到凌晨一两点时，已是眼花缭乱、饥肠辘辘，没办法喝了杯白开水，做了几个俯卧撑动作，又继续奋战。待第二天早上将稿子打印出来，交领导审阅时，市里却来电话说通知发错了。那时我真是哭笑不得，就这样白白熬了一夜。

除了材料写作，我还负责教育宣传。当我听说我市白沙中学教师与农村留守儿童结对管理时，立即意识到这是条教育新闻"活鱼"，便利用双休日去白沙中学进行了深入采访。后来，我采写的这个稿件在全国100多家媒体刊发。白沙中学在全国率先对农村留守儿童推行的代管家长制的经验也在全国推广，还被中央文明办评为全国未成年人思想道德教育创新个案二等奖。工作四年来，我采写的不少稿件先后在《人民日报》《光明日报》等中央媒体刊发，出版了一本30多万字的报告文学集。新闻作品获国家级新闻奖1次，省级新闻奖5次，被记三等功2次，授予嘉奖2次，受市以上表彰20多次。工作3年多，便被提拔为中层领导，担任办公室副主任。

尽管做秘书既苦且累，但我觉得很充实。秘书工作使我真正感受到了自己这个"秘书"的价值，感受到自己的工作没有白干，苦并快乐着。

（原载2007年《秘书工作》第12期，获秘书工作征文奖）

快乐别人　幸福自己

　　人们对幸福的诠释因各自对幸福的感受和体验而存在差异，有人因获得了财富而幸福，有人因获得了知识而幸福，有人因获得了情爱而幸福，而我因为帮助了别人，别人快乐而幸福。

　　那是一年前，我正在办公室忙着写一个材料，我曾经采访报道过的一位乡村教师被评为省级优秀教师后，特意从乡下赶来我办公室，为的就是当面向我说一声"谢谢"。那天中午，我请他吃了顿饭，给他买了回家的车票，并去车站把他送上了回程的汽车。此后每年春节，我都会收到这位教师从乡下寄来的贺卡，每次收到贺卡，看到这位教师亲笔书写的新年祝语，都让我很感动。

　　认识这位教师，那是一次去县里出差，县里的同志向我推介了他，建议我去采访。我从县城颠簸了几个小时，又走了一段山路，才到达这位教师所在的村小，我含着泪采访完后，在县城的宾馆熬夜写成稿子，当夜就发给了《邵阳日报》，一天后稿子在头版的位置刊登出来。文章刊发后，反响很好，那年教师节，这位教师被评为省级优秀教师，从未到过省城的他，在省城参加表彰会时，受到了省委书记的亲切接见。其后，采写这位教师的稿件又在多家省级以上媒体的显要位置刊发出来，后来这位教师被评为全国模范教师。

还有一位教师，那是我当年扶贫那个乡的一所山村小学的一位少数民族教师。那年，我大学刚毕业，跟随一位局领导去了一个偏僻的瑶乡扶贫。在扶贫点，当地群众跟我讲述了阳老师的事迹。也许是被事迹所感动，也许是我采写新闻的职业责任感，我走了四十多里的崎岖山路，来到这所三十多年来就一位教师的学校，采访了这位既是校长，又是班主任和任课教师的阳老师。回到扶贫点，由于没电脑，我熬夜用钢笔写成了通讯，在四易其稿后，写成的通讯在《湖南教育》等媒体刊发，引起强烈的社会反响，后来阳老师获得了湖南省农村教师突出贡献奖，在全省庆祝教师节表彰大会上做了发言。阳老师对我说，她这辈子值，她还说了很多要感谢我的话。看到自己的劳动能让别人快乐，我心里像灌了蜜似的。这些年来，先后有十多位教师在我采访报道后，成了全国、全省优秀教师、模范教师、优秀教育工作者，因为采访他们，很多教师与我成了好朋友。

现在我常接到一些教师朋友给我打来的电话，也常收到他们寄来的贺卡，每次接到电话，收到贺卡，一股幸福的暖流就会涌上心头，看到我曾经帮助过的人快乐时，我觉得自己也很幸福，这就是快乐别人，幸福自己。

（原载2008年3月26日《邵阳日报》）

买菜札记

在城里上班，得自己在家做饭，自然也就得去买菜。楼底下有一小型菜市场，早上菜场摆满了各种各样的蔬菜，色泽鲜艳，惹人喜欢，卖菜的叫卖之声此起彼伏，不绝于耳，着实热闹。在买菜的过程中，我学到了一些经验，比如"货比三家，早买鲜，晚买贱，不早不晚随意选"等。买菜的过程中也发生过很多有趣的故事，至今都难以忘怀，仿佛就在昨天。

菜场里有一位老大爷，一个星期就来卖一次菜，我经常买他的白菜、萝卜、茄子、辣椒等。据说他的菜全都是他自己种的，他的菜很新鲜，只要他在，我每次都会买一些。大爷已年过古稀，卖菜从来不"耍"秤，也不使用别的小伎俩，不贪小便宜。有一次，他把账算错了，多收了我两元钱，当时我也没发现，但一个星期后，他再来卖菜时碰到我，赶紧拉着我的手，说上次多收了我钱要退给我，并急忙从手绢包着的一沓钱里掏出两元钱塞到我手中。我忙说："大伯，算了，算了。""那怎么行呢，该是怎样就应怎样，我们乡下人挣钱难，但也不能占这个便宜啊。"起初我以为他只对我这样，后来发现，他对每个人都这样。大家都说这老人心眼好，从来不糊弄人。今年已经有半年多没有看到老人来卖菜了，我不由得有点想念他，甚而有几分怅然。猜想老人是病了，还是……

在菜市场，另外还有一位中年男人，黑黑的胖胖的，长得一副很憨厚的样子，每天我下班走过他的菜摊，他总是带着微笑很热情地同我打招呼："下班了，我今天的菜蛮好的，买点菜回去吧，我的菜是最便宜的啦。"因为他的热情，我也常常买他的菜，并不时跟他闲聊一番。然而，有一次我彻底改变了对他的看法。由于经常买菜，菜场的人大多认识，我买菜时一般不看秤。那次我在他那里买了三斤白菜正准备走时，一位顾客气冲冲地来到他摊前，说菜少了秤，带着怀疑，我把买的白菜也在其他菜摊上称了一下，结果三斤白菜只有二斤四两，我去找他时，他红着脸说看错秤了，但我不相信，因为他看错的不止我一个。后来，他依然带着微笑热情地同我打招呼，但我总觉得他的微笑已经变了味，我再也没有在他那里买过菜。

有时，我也在下班回家的路上带点菜。有一次，在下班回家的路上看到一位农民打扮的大娘问我要不要买土鸡蛋。凭着我的经验，在城里卖土鸡蛋的一般是乡下人，大多提着篮子来卖，鸡蛋个儿比养鸡场的小，且鸡蛋壳不干净。看着大娘的打扮和她篮子里的鸡蛋，我认为就是土鸡蛋，于是没有还价，以一块钱一个买了她八十个鸡蛋。回家后，我立即煮了几个吃，觉得味道却并不比养鸡场的鸡蛋好，心里充满了疑惑，不知是自己的口味有了变化还是鸡蛋质量有问题。有一天，一邻居的话解开了我的疑惑。说她一卖鸡蛋的亲戚告诉她，有些小贩利用大伙想买土鸡蛋的心理，从养鸡场批来的鸡蛋中选出一些个儿小的，用篮子装着去卖，不但能卖个好价钱，而且人们也愿意买。听了邻居的话，我恍然大悟，原来自己买的是一篮子假土鸡蛋。

　　现在，我依然经常买菜，也时不时发生一些故事。在写下这些文字的时候，我在想，在以后买菜的过程中，也许还会有更多更有趣的故事发生。

（原载2008年8月16日《邵阳日报》）

那让人愉悦的蓝

　　一个去过西藏的朋友曾经对我说，你可以不出国，但一定要去西藏。两年前，一个偶然的机会我去了西藏。西藏由于气压低，氧气少，高原反应使很多人对这块土地望而止步。进藏前，我十分注意身体，防止感冒，自己也做了种种预测，说不怕，那完全是自欺欺人。我乘飞机从成都去西藏，上机前，我特意服了红景天口服液和高原康胶囊。坐在舷窗边，在一万多米的高空，通过舷窗往下看，尽是白茫茫的云。在空中飞行一个多小时后，飞机降落在贡嘎机场，据说这是世界上海拔最高的机场。走下飞机，风很大也很凉，抬头看天空，蓝得透明透亮，如画似幻，蓝得不含一点杂质，像清水洗涤过一般，令人不敢相信。那种蓝，是蓝得极致。蓝色往往给人的感觉是忧郁的，但那种蓝却让人愉悦。

　　来机场接我的朋友和同学为我献上洁白的哈达，给我讲了一些到高原要注意的事项。随后，我随朋友和同学去了山南的泽当镇。坐车到达泽当，我没有感觉什么不适，显得很自然，我庆幸自己没有高原反应。但晚上，开始有反应了，有些头昏脑涨，像喝醉了酒。藏地的夜色来得很晚。在内地，夜里9点钟天已很黑，在泽当镇却还亮如白昼，一切像白昼那样运转，天黑的10点钟，我开始睡，但那天晚上睡着总觉得不舒服，在床上翻来覆去睡不着，好不容易睡着了，又醒来了，估计整个晚上只睡了3个小时。或许这就算是我体验了高原反应吧。

进藏的第一天早上，好客的藏族朋友特意给我端来了酥油茶和糌粑。由于有高原反应，青稞酒，我说待离藏时再喝。酥油茶是一种类似在茶里加上牛油的饮料，因用的是牦牛油，喝下去有一股膻味，我不习惯喝这种茶，但为了礼貌，我强忍着呷了几口，而藏民的规矩是只要你喝了，他们便不停地给你倒，不能空杯。

在西藏的朋友和同学这样形容西藏，藏北草原辽阔壮美，有北国风光之韵；后藏山川奇雄宏伟，具苍凉广博之感；山南雅砻则是藏文化发祥地，山河秀美，好似长江黄河流域；而林芝山水却与江南风光十分相近。在他们的陪同下，我去了日喀则、山南、林芝后，我认同了他们的说法。游拉萨，是在离藏的前一天。拉萨是举世闻名的"日光城"，那是一座没有阴影的城市，有闻名遐迩的布达拉宫、八廓街和大昭寺，在这里你能真正感受佛的境界。

作为教育工作者，到西藏我不能不关注那里的教育。在西藏，办学经费基本上由政府承担，对农牧民子女实行三包，即包学费、书费、吃住，很多地方教学设施不会比内地学校差，比我见到的许多学校都要好，多媒体教室、电脑房、语音室、图书馆、电子阅览室等一应俱全。西藏教师的学历合格率甚至高于内地。与我一同毕业的大学同学在西藏任教，他们的工资相当于我工资的2倍多。同学说有很多内地的汉族教师在西藏任教，他们也很安心在西藏工作。我问同学如果有机会愿不愿调回内地工作。她说她不会回内地，因为她爱藏民的孩子，爱雪域高原这块土地，这里更需要她。她先生也是大学一毕业就来了西藏工作。如今他俩在雪域高原已经工作六年，并有了他们爱情的结晶，他们可爱的女儿。同学说，西藏近年的教育飞速地发展，就发展速度来讲，有一些地方甚至超过了内地。

离藏前的晚上，在西藏的朋友和同学为我准备了一桌丰盛的晚宴，准备了青稞酒为我送行。那晚我来了个一醉方休，喝了差不多八两青稞酒。整个晚宴沉浸在一片欢乐、祥和、喜庆的气氛中。在机场登机的那一刻，对这块土地我真有一种依依不舍的感觉。

（原载2009年9月23日《科教新报》）

难舍邵阳

有一些东西一旦留在了生命中，就是一辈子也都割舍不下的。

邵阳是一座有着2500多年历史的古城。这座古城与我有着不解之缘。我曾经有幸在这里学习、工作、生活了11年。这座古城给我留下太多难忘的记忆。

那个让人难忘的秋天，我揣着自己在广州打工赚来的学费，以超过当年本科录取分数线23分的成绩从湘西一个贫困山村走进了大学校园。在那个美丽的校园里，我在努力学好专业知识的同时，贩卖过小商品，为啤酒商推销过啤酒，做过家教，靠勤工俭学和稿费度过了我一生无论走到哪里都将无法忘怀的4年大学时光。大学毕业后，我有幸留在邵阳这个城市工作生活直至去年离开。在这里我曾有多次调离的机会，但都没有离开。没离开也许感觉不到难舍这个城市。当去年我真正要离开这个城市到广东省委去报到时，在火车开动的那一刻，才真切地感到一种失落、惆怅和怀念……来广州工作生活已经差不多快一年了，但不管在梦里还是在现实生活中，我却始终背负着那段割舍不下的在邵阳生活了11年留下的生活痕迹，那种烙在心灵深处的"DNA"，已成为我生命的一部分，直到永远。

在办公室我有每天都要浏览新闻网页的习惯。到羊城工作后，每天在办公室浏览新闻网页时，我总会打开邵阳新闻在线看一看，看看邵阳的新闻，让邵阳的人和事再遥远也仿佛近在眼前。每周我都要看一看《邵阳日报》电子版的"双清"，认真拜读邵阳的文学爱好者们的大作，每次看都觉得很亲切。在邵阳学习工作生活的那段时光，我在全国60多家报刊发表新闻、文学稿件1400多篇，出版了两部作品集，14次获省以上新闻奖，从一名普通的文学爱好者成为湖南省作家协会会员；在这座城市我有幸遇到了不少值得我终身尊敬的领导，他们给予我真心的关爱、关怀和指导，结识了很多帮助、鼓励和支持我，让我一辈子永远铭记在心的朋友；在这座城市我的业务能力和工作水平也在不断提高，我完成了在职研究生的学业，从一名一般干部做到了科长……在广州不时有些朋友会在周末相邀聚一聚。在餐桌上当他们问我点什么菜时，我总会客气地答着"随便随便"，但脑子却老是开小差，想着邵阳的腊肉、猪血丸子、血浆鸭、卤菜，或者是邵阳的米粉也不错……还记得第一次吃猪血丸子，是上大学时寝室的第一次聚餐，在学校门口的那家饭馆。由于猪血丸子的颜色不太好看，我起初不敢吃，但邵阳的同学说很好吃，没想到的是我一吃就爱上了，以后每次聚餐我都抢着点猪血丸子。也就是这样，对邵阳的这些美味，我从刚开始的不习惯、不喜欢，发展到后来的割舍不下了。

在羊城随处可以听到粤语，每次听到粤语，我就会想起邵阳话。邵阳话不好懂也不好学，但我很喜欢。我也会常常想起由于邵阳方言而引发的那一个个有趣的故事，有许多故事仿佛就发生在昨天。我现在想，大千世界之所以美丽，乃因其包罗万象、异彩纷呈。倘若所有的城市都是千篇一律的，而没有了各自的乡音、历史、风情和韵致，那么，这个世界美在何处，美从何来？因此，不管普通话怎么普及，我想被我们各自所熟悉而感到亲切的各地乡音永远都不会消失。虽然离开了邵阳，我的邵阳话也说得不流利，但一听到邵阳话就像欣赏一首美妙的音乐，浓浓的乡情溢于言表。

　　魂萦梦牵的思念，朝思暮想的牵挂。作为我第二故乡的邵阳，我虽然已离开，但这座曾经培育了我、让我备感温馨的城市，将成为我生命中永恒的回忆与眷恋。我想今后无论身在何处，我都将会一直关注着邵阳的发展。作为一名在邵阳生活了11年的准邵阳人，我会永远为她祝福，祝福邵阳成为一只涅槃后的凤凰，展开她那耀眼的双翼，飞向那光辉的未来……

（原载2011年5月28日《邵阳日报》）

犁田的哲学

近日看国画大师徐悲鸿的一幅耕牛图，画中耕牛结实健壮的体躯，逼人的眼神，尤其是一后蹄抬起搔痒，特有意境。也许是我从小就干农活的缘故，从小就跟耕牛打交道，看了这幅画觉得特别亲切。这幅画也把我的思维带回到遥远的家乡，带回到年少时在家乡度过的那段难忘的岁月。

我的老家在湘西的一座大山里，那里是林区，主要的经济来源是树、竹、茶。为了解决吃饭问题，祖祖辈辈在大山里开垦了很多梯田，用来种植水稻。《周易·系辞》记载："包牺氏没，神农氏作，斫木为耜，揉木为耒，耒耨之利，以教天下，盖取诸益。"神农氏教给祖祖辈辈刀耕火种的种田经验，在我们那儿一直沿用至今。每当春暖花开的时节，站在田野里放眼望去，到处是耕牛闹春图，让人回味无穷。

父亲是种庄稼的能手。他曾被乡亲们选为生产队长。当生产队长的那几年，在父亲的带领下，生产队每年粮食产量都在公社遥遥领先，他还曾被评为公社的农业生产先进代表，选派到外地参观，现在说起这些他都很自豪。父亲喜欢干农活，对种田特别感兴趣，仿佛是他一生的挚爱。现在他已经70岁了，他不但种了自家的田，还把乡亲们承包的田也转承过来种。

要种田，自然就离不开耕牛。在农村，牛是农家宝。我们家养过好几头耕牛，但有一头耕牛我记忆特别深刻。那是一头很大的黄牛，因为头上的角像扁担，我们称它"扁担角"。这头牛个头大，很健壮，村子里的牛都不敢跟它打架，见了它都很友好，每次我与小伙伴们在山上放牛，其他的牛都跟在它后面，俨然一副王者风范。母亲说外村也有头很健壮的牛，有一次在山上碰到我们家的"扁担角"，那牛不知道我家"扁担角"的实力，竟然来挑衅它，结果被我们家的"扁担角"打得落荒而逃，以后见了我家的"扁担角"都是躲着走。那年哥考上大学了，为了凑学费，父亲把牛卖了。母亲说，卖牛的那天，父亲在牛圈前站了很久，默默地看着"扁担角"，牛也默默地看着他，牛流泪了，父亲也流泪了。

父亲是犁田的好把式。父亲犁田不怎么用鞭子，也不怎么吭声，可不管什么牛，不管它有多烈，在父亲手里都会变得很温顺。年少时的我常在田埂上看父亲犁田，看到父亲轻松自如地犁田，我非常羡慕，也觉得犁田是很容易的事情，也很想像父亲那样犁回田。一个机会终于来了，那年我正在上初二，一个星期天来送牛草，父亲犁田累了，坐在田埂上抽旱烟。我向父亲请缨，想"一试身手"犁回田，得到父亲允许后，我就开始犁田。我对"扁担角"说，"扁担角"我喂过你草，带你吃过草，你可要听我指挥啊。岂料我以为很简单的犁田，结果却无法进行下去。犁头在泥土之下不听我使唤，没想到我的好朋友"扁担角"更是不买我的账，把犁架掀翻在地，还没两下，犁田就进行不下去了。

看到我窘迫难过的样子，父亲从田埂上起身，来到我身边，说犁田其实是门技术活，没那么容易的，需要掌握技巧。父亲说牛是有灵性的，要犁好田，首先要心疼牛，爱惜牛，牛鞭不是用来打的，是监督和鞭策的，你刚才那样频繁地扬牛鞭，牛会被吓着的。他还说有人在犁田时因乱打牛而被牛顶倒在田里四脚朝天。犁田的人对牛要有敬畏感，牛鞭在手更是不要随意挥动，要做到"不须扬鞭自奋蹄"。再有，犁田时要用心，眼手脚要并用，不能深一犁、浅一犁，要深浅匀称，扶犁的时候，眼睛要瞄着拖头，不能东一犁、西一犁。

那天，父亲手把手地耐心教我犁田的技巧，我总算学会了犁田的一些基本技巧，但在实践操作过程中却觉得特别艰难，那天弄得我手臂酸痛，比起父亲的娴熟来差得太远了。我真没想到我认为小事一桩的犁田却这么不容易，还真是看事容易做事难。犁完田回家的路上，父亲语重心长地对我说："孩子，其实人生就如犁田，很多事情看起来容易，但真正做起来就很难了，做人做事要常怀敬畏之心，对每件事、每个人都要用心用力认真去对待，不可小视。"

岁月悠悠，转眼间，我离开湘西农村已经快20年了，那段犁田的岁月也已经离我远去，但那次跟随父亲犁田的情景却时常浮现在我的脑海里。这么多年来，无论是学习、工作还是生活，我都始终牢记那天父亲教我犁田时的教诲，始终怀着一颗敬畏之心用心用力做人做事。人生如犁田，父亲的犁田哲学至今让我受益匪浅。

（原载2019年6月28日《南方日报》）

含泪的微笑

当我坐在一间宽敞明亮的办公室里，心情舒畅地望着窗外明媚的阳光，在电脑上敲出这篇文章时，心里有说不出的激动。一种不听话的热乎乎的东西从眼里滚了出来，是泪。这泪中含有生活的艰辛，更充满了人生的微笑。

我是从一个山窝窝里爬出来的。父母是老实巴交的农民，靠力气在那块贫瘠的土地上长年累月刨来刨去，到头来却刨不出几个钱来。由于家里穷，我从小就很懂事，每天一放学回家就放牛、砍柴。为了攒学费，我还常常利用节假日去山里挖药材、拾菌子，然后拿到街市上去卖。

我读书非常刻苦，每学期总能拿回两张奖状，期中一张，期末一张。我的奖状贴满了我家小木屋饭屋里的那面墙。家里来了人，看到这一墙的奖状，都会夸奖。村小那个教过祖孙三代的唯一的教师刘老师也常跟人说我将来一定会考上大学。此时，父母脸上总会写满喜悦。

父母咬着牙，让我上了高中。高三那年，哥哥妹妹都在读书，家里实在拿不出钱供我们上学了，听村里人说，在建筑工地上做事很赚钱。经过两天的思考，我决定去沿海打工给自己赚学费。那天晚上，我清晰地记得，我说出要出去打工的话时，父亲很吃惊，但当我告诉父亲出去打工的目的是赚学费，将来回来考大学时，父亲的眼里噙满了泪水。他哽咽地说："崽，你不是孬种，有志气，是我没能力，要不然你也不用出去打工。""崽，你一个人出去，一定要注意身体，要记得按时吃饭，不要太累了，家里有办法了，你就回来读书。""爸，我都十八岁了，您不要担心，我会照顾好自己的。"说这些时，我泪珠一串串地掉下来。那晚，我们谈到深夜。

我怀揣着父亲说了很多好话从亲戚那里借来的路费，跟着一位小学都没毕业的同学挤上了去沿海打工的绿皮火车。

在工地上，我与老乡们住在简易的工棚里。我每天和灰、筛沙、挑砖头、扛水泥，甚至打混凝土、抬预制板。幸好我从小就干农活，能够下力气。为了多赚点钱，我经常加班。长期的劳累，让我的手上长满了血疱。尽管如此，每天晚上，累得筋疲力尽的我依然坚持在老乡们打扑克、玩麻将的吆喝声里看书——纵然时常遭到一些人的讥讽，说我做不切实际的梦。

后来，我又去了一家鞋厂打工。在鞋厂，我从流水线干到领班，再到车间主任，月薪也从几百元提到两千多元。然而上大学一直是我心灵上空不落的太阳，不灭的理想。干了差不多一年的时候，我把辞职书交给了部门经理。

在那个让人留恋的秋天，我回到家乡，再次走进了校园，开始了我的补习生活。在补习班里，我近乎疯狂地学习，班主任都担心我是否吃得消。有耕耘，就有收获。我终于以优异的成绩走进了大学校园。接到通知书的那天晚上，祝福、羡慕、夸奖塞满了我家洋溢着吉祥和喜气的两层小木屋。那一夜，我和父亲喝着自家酿的米酒，大醉。

一进大学，我便开始到处寻找勤工俭学的机会。大学四年里，我贩过小电器、袜子、鞋垫等小物品，摆过地摊，被城管逮过。

再后来，课余时间我又为一位啤酒商送货。一天下午，天下着蒙蒙细雨，我骑着三轮车去送货。在一次拐弯时，由于啤酒装得太多，车子刹车又不太灵，我没能刹住，车猛地撞在一棵树上，我连人带车摔了个四脚朝天。爬起来后，我第一个念头就是啤酒摔坏没有。我顺利地把货送完，才发觉腿隐隐作痛，一看才发现已经青了两块。有时晚上送货回来已是深夜，看到同伴们睡得那么香甜，我的失落感油然而生。

干了两个月后，啤酒商在市里的晚报上看到了我写的一篇散文。他很有些怀疑地问我，文章是不是我写的。当我把文章的原稿交给他时，他脸上露出了微笑，说愿意付我双倍工资，并请我教他儿子写作文，还为我找了另一份家教。

工作和学习之余，我把别人看电影、打老K、遛马路的时间都用来写作、采访。就这样，大学里我先后在市级以上报刊发表新闻、文学作品近百篇。从大三第二学期开始，我的稿费已能保证我的生活所需。

毕业时，我凭着过硬的专业技能和在报刊上发表的近百篇文章，赢得了众多单位的青睐，并最终走上了一家市级机关办公室文秘的岗位。

回想过去这一切的一切，我深深体会到，生活需要坚强，即使含着泪水，只要屹立不倒，微笑一定会向你走来！

（原载2005年3月9日《科技导报》）

岁月未曾抵达

过年回乡下老家，几个高中同学来家里看我，翻看我留在老家的影册，看到二十年前我在一个小山村里拍摄的那张后来登上杂志的小男孩照片时，那位家住那个小山村的同学给我说起了一个已经远去的故事，说起了一段岁月未曾抵达的记忆。

那年秋天，在沿海打了两年工后，重新回到校园的我，接到大学中文系的录取通知书，高兴之余便有了一种附庸风雅的冲动，与一群同样考上大学，满怀喜悦的同学肩挎相机去了一个名不见经传，就是现在够精准、详细的百度地图，也见不到它踪影的小山村里采风。

这个小山村保存着自然界最原始的青山绿水，还有那飘忽空中清新的和风。这里溪水欢歌，小桥流水，是一幅自然天成、秀美绝伦的山水画。偏僻宁静的小山村居然因我们的到来而沸腾了。有个门牙掉了的小男孩总是对着我傻傻地笑，带着一丝天真，带着一丝羞涩。于是，我忍不住举起相机对着这个小男孩照了一张。没料到，小孩来了，青年小伙来了，美丽的乡村少女来了，老人来了，小媳妇喊回在山里放牛、在地里干活的男人，他们收拾得干干净净，梳好头发，换了衣服也来了，我成了摄影师，成了明星。

一位腰上别着烟斗的驼背老汉走到我跟前怯生生地说："伢子，能不能去我家为我和老伴照张合影？"老汉的话让人群静了下来。我极不情愿地跟着老汉去了他家，一间又矮又破旧的小木屋，东西胡乱地摆着，屋里发出一股难闻的中药味，让人难以继续待下来。老汉从屋里扶出他老伴，他老伴脸色苍白，瘦得有些吓人。见了我，他老伴带着微弱的病音说："伢子，我这辈子没照过相，人都快作古了，想照张相，给老头子留个伴。"我敷衍地点了一下头，让他们坐在一条长凳上，匆匆按下快门，然后逃也似的离开了老汉家，而老汉他们的脸上却写满了渴望后的满足和释然。

在山里"疯"了一整天后，晚上我们住进了小山村里的那位同学家。在闲聊中聊起了老汉。同学告诉我，在一次洪水中，老汉为了救人失去了他唯一的儿子。紧接着他老伴得了一种怪病，病倒在床上，几十年没出过家门，一直是老汉精心照顾。尽管厄运多多，但老汉从来没有一句怨言。故事着实让我感动了一阵。

照片洗出来后，有几张完全模糊不清，老汉他们的合影也在其中，或许是年少时的不谙世事，寄照片时把不好的留了下来，全部撕碎丢进了垃圾堆，也没有再跟老汉他们去解释照片的事情。直到去年，我没有再去过那个小山村，没有再见过那位老汉和他老伴，也没与人再聊起过那张照片。

也许是遥远的事物总能让人怀念的缘故，也许是小男孩那张照片唤起了我们记忆的缘故，我们再次聊起了老汉，聊起了那张照片。那位家住那个小山村的同学说，老汉他老伴在临终时还在问这张照片。同学的话让我很震惊，尽管这张照片我一直没有忘记，但我的岁月未曾抵达，从来没想到这张照片对老汉和他老伴如此重要，以为只是一次普通的照相而已，以为老汉和他老伴也不会把它当回事。同学的话有如撒向伤口的盐，使我的心开始隐隐作痛。

也许是经历过人生风风雨雨，在体味过人生的一些酸甜苦辣之后，我没了年少时的轻率与鲁莽，多了沉淀历练后的稳重与慎重，我开始读懂老汉和他老伴想照张合影的举动，开始读懂老汉他们那苦难的人生。老汉他们的身影紧紧地攥住我的心，让我痛楚，让我自责。老汉和他老伴把照张合影留个纪念的心愿重重托付给我，可年少的我却轻描淡写，辜负了他们，让老汉他老伴那饱受病魔纠缠的心，最终还是带着渴望和遗憾离开了人世，老汉孤独留在世上却再也无法了却其心愿。我在想，如果我当时不那么匆忙，或者哪怕把模糊的照片寄出去，也许我的心都不会像今天这样隐隐作痛。

也许是为了弥补年少时轻率的举动给老人造成的伤害，过年期间，我邀上那位家住那个小山村的同学，去了那个二十年没有去过的小山村。眼前的小山村与二十年前相比，发生了翻天覆地的变化，呈现在我眼前的富庶景象和乡村的美丽风光，不知道这个山村的乡亲们盼望了多少年。我们去了老汉家。在得知我们的来意后，老汉陪着我们来到他老伴的坟前，我真诚地在坟前鞠了一躬，向老汉和他老伴说了声"对不起"，渴望老人在天之灵能以一颗善良之心来原谅当年那一个不谙世事的年轻人。

那天晚上，我和家在山里的那位同学陪着老汉一直谈到深夜，老汉也一直在表扬我们，说我们是好后生，说他从来都没有怪过我们，也没有理由怪我们。他说他也就是随口一说而已，并没有给我们照相的费用，我们也没有义务给他们拍照，更没有想到的是二十年后我们会带着礼物来看望他。但老汉越是这样说，我心里却越是内疚。

从乡下回到城里已经几个月了，在忙碌的工作之余，这张照片的事却时常浮现在我脑海，心情不能平静。于是静夜清晨，望着繁华都市的霓虹灯，我坐到了电脑旁，敲下这些孱弱的文字，留下这段未曾抵达的记忆。

（原载2019年4月26日《法制时报》）

月亮的脸笑在掌心

由于受金融危机的影响，今年的大中专毕业生将遭遇近年来最大的"就业寒流"。春节回家过年，村里不少大学生的父母纷纷向我这个在市里工作，在村里人看来还算体面的市里干部打听就业的信息。与此同时，笔者也听到村里有不少大学毕业生对就业已完全失去信心，似乎除了待业，已无路可走。

看到这种情况，我想起了儿时母亲给我讲的一个孟宗孝母的故事。说有一少年从小父亡，由母亲拉扯大，但在一严冬，母亲也病危在身，请来乡里郎中说要鲜笋为汤做饵才能治好病。而在冰封雪飘的寒冬，哪里有鲜笋，不想失去母亲的孟宗没有灰心，哭着来到竹林，由于他的诚意感动了竹神，从此便有了冬笋，孟宗也因有了鲜笋，终于治好了母亲的病。

这虽然是个传统故事，主要是反映孟宗的孝心，但笔者认为对今天的大学毕业生就业仍有启示。有句诗叫掬水月在手。高高挂在天空中的月亮，凭着凡尘的力量是难以企及采摘的，但只要开启智慧，掬一捧水，月亮美丽的脸就会笑在掌心。有许多事情从客观上讲，已到了山穷水尽、完全不可能的境界，但往往主观一努力，奋力一搏，又峰回路转，柳暗花明。

遗憾的是，在现实生活中，很多时候，我们的精神先于我们的身躯垮下去。

这使我又想起了曾经听到过的一个故事。说一位渔民驾着渔船在大海中航行，突遇大风，渔船被卷入海底，奇怪的是渔民却浮在大海上，没有沉入海底。在茫茫的大海中央，渔民看了看四周，看见有一航船正向天边驶去，但望上去，遥不可及。渔民想，如果航船再近点，他一定会大声呼救，唤来航船相救，但这航船太远了，他想任凭他如何喊，航船上的人都不会听见，在这种境况下，他彻底绝望了，吓瘫了，在海中等死。渐渐地，航船消失了，不见影踪了。这时天边传来声音："这叫障眼法，其实只要一伸手，就能抓住航船，是你自己放弃了求生的愿望，那么你只好沉入海底了。"

在生活中也是这样，有时一伸手就能挽救一条生命，就是另一番境界。许多凭肉眼、靠直觉认为似乎不可能的事情，往往一伸手就会变成可能。

记得六年前，我大学毕业时，曾到沿海一家报社求职，到报社后，负责招聘的报社负责人对我递上的简历看都不看就还给了我，说他们报社需要重点大学和名牌大学的学生，像我这样刚刚升格为普通本科大学的学校的毕业生不在他们招聘的范围。也正是因为自己那种对生活的勇气，不屈服的意志使我与报社的招聘负责人据理力争，说一流大学有三流学生，三流大学有一流学生。要求他们给我一个机会，最终我击败了众多毕业于重点大学和名牌大学的竞争对手，获得那个岗位。尽管后来我放弃了去那里工作，但在这

次求职中我明白了，正是由于我不达目标誓不罢休的勇气才获得了
这个岗位。

不到黄河心不死。这句话听起来很平凡，但真正能做到的人
却不多。这句话对我们今天遭遇就业寒流的大学毕业生来说很有启
迪。因此，笔者认为，面对"就业寒流"要坚持自己的理想信念，
不要轻言放弃，相信只要理想不灭，梦就一定会实现，月亮那美丽
的脸就一定会笑在掌心。

（原载2009年《湖南教育》第3期）

信念不灭，梦就会实现

由于在教育行政部门工作，经常与一些大学毕业生打交道，也常听到一些人叹息：现在就业竞争太激烈，工作压力太大。听到这些声音，使我想起了自己的故事。

我来自一个偏僻山村的贫困农民家庭，靠自己在工地上挑砖赚来的学费走进大学，四年里靠勤工俭学和稿费完成了学业。由于家里没有任何"背景"，不想一毕业就失业的我，从大四上学期就到处搜寻就业信息，四处参加面试，有时坐了整整一夜的火车，第二天一早就得去参加笔试和面试，那份艰辛至今仍心有余悸。有一次去沿海一家报社求职的经历让我至今难忘。

那是一次偶然的机会，我在互联网上看到沿海一家报社招聘记者的广告。负责招聘工作的是一位三十多岁的男士。那天跟我一同前去参加应聘的有许多重点大学和名校中文系、新闻系的应届大学毕业生。当我向负责人递上我的简历时，意想不到的是那位负责人没有打开我的简历就还给了我，并很有礼貌地对我说："对不起，我们要重点大学和名校的学生。"

尽管我心里不服，但我还是很有礼貌地问道："这是为什么，你们的招聘广告上不是明明写着应聘者的条件是全日制中文或新闻类的本科毕业生吗？没有注明一定要重点大学或名校的学生呀。"那位负责人看了我一眼，带着轻蔑的口吻说："是的，应聘的条件确实是这样，但你没看到这里来了那么多重点大学和名校的毕业生吗？我们招聘的名额有限，当然要选择最好的。"

"仅仅凭着一所学校的名气就完全可以判定那所学校所有学生的好坏吗？我不敢说我们学校所有学生都非常优秀，但至少可以说我们学校有很大一部分学生是很优秀的，完全有可能超过一些重点大学和名校的学生。你就凭着一所学校的名字，连应聘的材料都不看，没有面试，也没有笔试，甚至连最简单的交谈都没有，这样选择人才，对应聘者和对你们报社都是不负责任的态度。"我据理力争。

那位负责人沉默了一会儿，然后笑着对我说："好吧，我看一下你的推荐材料。"我再次递上简历和我大学期间在各大报刊所发表的百余篇作品。当他看完我的推荐材料，看了我所发表的那些作品后，不知是推荐材料和所发表文章的魅力，还是其他原因，他带着有些歉意的笑容对我说："小王，你的材料我收了，明天你直接来我们报社参加笔试。"

第二天我参加了他们举行的笔试，笔试完我回到学校后不久，那家报社的负责人给我打来电话，说他们总共录用三个人，我被录用了，要我去签约，说那次我们递简历时的表现是他们报社特地设置的面试题，说我表现很出色。尽管后来我婉言拒绝了报社的那份工作，但那段求职的经历却让我记忆犹新。

我之所以写下自己求职和工作中的一些故事，是想告诉那些依然还在徘徊的，特别是那些毕业于普通学校的毕业生：要有信心，不要怨天尤人，不要妄自菲薄，要相信自己，相信只要信念不灭，朝着梦想的方向不停地飞翔，你就一定会飞到梦想所在的地方，实现自己的梦。

（原载 2006年8月9日《中国教育报》）

故

人

爱管闲事的陶奶奶

她曾被多家医院诊断为癌症晚期，最多只能活3年，但她凭着自己坚强的意志，与病魔斗争。如今，她已经走过了快7个3年。她在与病魔作斗争的同时，永远坚守在爱的岗位上，她义务辅导中小学生468名；关照单亲子女、孤儿17名，资助贫困大学生6名，中小学生4名；帮助37名失足青年走上正道，其中26名成为致富能手；挽救了13个濒临离散的家庭。她，就是湖南省邵阳市第十中学退休教师陶珍。

陶珍1928年2月3日出生在一个贫寒的家庭，幼年时她父亲就过早地离开了人世。1942年小学毕业后，陶珍进入邵阳市爱莲女子师范学校（今邵阳师范学校）就读。由于抗日战争，陶珍只读了一年半，就被迫中途停学，到处流浪，靠为他人织毛衣度日。

1949年，中华人民共和国成立后，她被送到教师讲习班学习。党把她送入人民教师的队伍，使她走上了神圣的讲台，从此结束了22年的苦难漂泊生涯，使她年轻的心灵中，燃起了生命的希望之光。参加工作后，她在学校，拼命地学习和工作，赢得了学生、家长和学校同事领导的一致好评。早在20世纪50年代，组织就授予了她先进教育工作者的称号。她说，她美好的生活是党给的，她要努力工作，积极向党组织靠拢。1952年10月，她第一次递交了入党申请书。

陶珍永远也忘不了党对她的关怀。她永远也忘不了1961年，她胃穿孔，曾几度造成休克，是党的好干部、校长江良盛深夜赶往医院，要求院方不惜一切代价抢救生命垂危的她，是党把她从死神手中抢了回来。陶珍得救了，她感激地说："党是我再生父母，我要把一生献给党……"回到学校后，她第二次递交了入党申请书。

1984年，陶珍被多家医院诊断为癌症，医生告知她最多只能活3年。关键时刻，党又成了她的主心骨。校领导亲自陪她到广州大医院诊治，鼓励她坚强地与病魔作斗争，创造生命的奇迹。出院后，学校又不断地叮嘱她去医院复检。党的关怀备至，深深地感动了她，她暗下决心，一定要把党给她的关怀加倍地奉献给社会，她入党的愿望也更强烈了。她暗暗告诫自己，在有生之年一定要多为党做点事情。她在与病魔作斗争的同时，不忘"爱管闲事"，回报社会。1992年9月22日，64岁的陶珍光荣加入中国共产党。

陶珍入党，有些人不解，人都退休了，为什么还要入党。她深情地说："只有清楚我苦难的人，才知道党挽救了我，党给了我生命；才能真正体会到我对党的那份执着而浓厚的感情，明白我为什么要加入中国共产党。"站在鲜红的党旗下，陶珍淌下了幸福的泪水："能在入黄土前入党，我终身无憾了！"为了表示对党的感谢，她除每月如数交清党费外，每年7月1日这一天还要交一次特别的党费，数额在50～200元不等，有好几次都是在病床上托人交的。

陶珍在日记中写道："党给了我一切，我要为党奉献一切。

一个党员最光荣的时刻，就是奉献的时候。"

　　站了20多年讲台的陶奶奶1979年退休后，看到自己居住区的一些中小学生由于在校外得不到良好的管教，受到不良环境和社会影响，面对这些现象，她觉得很难过，很焦急。于是，她将周围的孩子组织起来，成立了校外辅导学习小组，自己担当起校外辅导员，义务辅导中小学生，这样一辅导就是20多年，辅导了400多名学生。经她义务辅导后考上师范学校的雷未丰说："毕业后，我也要像陶奶奶那样，把自己的一生献给党的事业。"

　　来自国家级贫困县隆回县隆回一中的贫困学生刘永和不会忘记，1997年那个难忘的夏天，从省城参加奥林匹克物理竞赛返校时，在火车上，家里日子过得紧巴巴的他遇到了陶奶奶，面对眼前这位个头瘦小、上衣又短又小，一家五口人，3个读书，为了省钱，父母经常吃酸菜萝卜，自己在学校每餐也只吃4角钱蔬菜的苦难少年，陶奶奶把身上仅有的40元钱全部塞给了这位萍水相逢的特困生，并向他要了学校的地址。10天后，刘永和收到了陶珍奶奶寄去的一张50元的汇款单。之后，每月他都会收到同样数目的汇款单。而此时陶奶奶身患癌症的女儿正在长沙治疗，急需钱。感激不已的刘永和在给陶奶奶的信中这样写道："您这样的好人我只在书报上看到过，没想到真的让我碰到了……"读着回信，陶珍幸福地笑了。

　　高考后，刘永和被华东理工大学录取，而面对高额的学费，刘家喜忧参半。此时陶奶奶又专程到团市委、市关心下一代工作委员会协调，团委的干部告诉她刘永和已不是希望工程捐助对象，但深为同情的团委干部仍然每人主动捐款100元；市关工委的干部也捐出了一麻袋衣物。后来陶珍又带着刘永和的困难证明跑到省教育厅，帮助刘永和减免学费。

去大学报到时，刘永和父母没有来送行，是陶奶奶把刘永和送上了火车，并送给他200元现金和收录机、毛巾、枕头、袜子、钢笔、日记本等物品。临别时，刘永和泪眼婆娑，频频向陶奶奶挥手道别。刘永和上大学后，陶奶奶的汇款依然继续，并给他寄去了亲手织的毛衣。刘永和在给陶奶奶的信中这样写道："大恩不言谢。"他只有两点想法，一是祝陶奶奶健康长寿，二是把陶奶奶给他的关爱加倍回报给社会，人间真情，他将踏着陶奶奶走过的路去续写……

刘永和不会忘记，邵阳县的陈有亮又何尝能够忘记。自己母亲患有严重疾病，父亲务农，弟弟从16岁起外出打工供其读书。陶奶奶得知此情况后，从2002年开始，将他列为资助对象，不顾年老体弱且身患绝症，驱车数百公里，三上黄荆岭，为他送去学费和学习用品。也正是在陶奶奶的关心下，陈有亮学习非常发奋，参加奥林匹克化学比赛荣获二等奖，后来又以优异成绩考取湘潭大学。考上大学后，陶奶奶又为陈有亮送去衣服、雨伞、钢笔等日用品和零花钱，同时向有关部门和市领导请求援助陈有亮，为他争取到扶贫助学金3000元。由于家境贫寒，陈有亮在给陶奶奶的来信中流露出自卑、畏难和厌学情绪。2004年3月23日，陶奶奶到长沙看病，把情况报告给了湖南省教育厅关工委的领导，得到了湖南省关工委领导的大力支持，关工委领导又亲自陪同陶奶奶到湘潭大学。到湘潭大学后，陶奶奶向学校领导介绍了陈有亮的家庭和市县领导关爱情况，了解陈有亮在校的表现。临行前，陶奶奶和退休名老教师朱媛分别又送给陈有亮生活费和零花钱、日用品，并告诫他"要树立正确的世界观和人生观，敢于直面困难，勇于克服困难，不负党和人民的期望，做一个对社会对人民的有用之才"。在场的湖南省教育厅关工委领导、湘潭大学领导对陶奶奶的举动大加赞赏，表示要尽最大的努力，对陈有亮等贫困学生给予关爱和帮助。

除刘永和、陈有亮外，还有不少孩子不会忘记陶奶奶。父母双亡的农村孩子曾文龙永远忘不了陶奶奶为他送奶粉、鸡蛋，花21天时间专程送他到广州面试研究生的情景；父母离异、从小受陶奶奶关照的大学生李敏怎么也不会忘记，从3岁到18岁，只有陶奶奶记着给他送生日礼物，此外还有罗求成、赵爽慧……

有人说她是"太平洋的警察管得宽"。是的，陶奶奶也确实"管得宽"，社区孩子的学习她管，贫困学生她管，单亲子女、孤儿她管，连判过刑的、吸过毒的失足青年她也管，而且把一些"害群之马"管成了"千里驹"。

学生李毛秀3岁父死母改嫁，跟着祖母生活，爱劳动、讲卫生，成绩也不错，但有乱拿同学东西和邻里零碎钱的坏毛病，同学防备她，邻里讨厌她。她自卑孤僻，祖母气愤时又打又骂，陶奶奶深感同情，主动接近她，觉得她由于从小缺少母爱和家庭温暖，缺乏正确的家教，没有自己的学习用品，养成乱拿别人东西的毛病，这样的孩子不宜过多指责。陶奶奶像祖母一样关爱她，学习上帮助鼓励，生活上体贴关心，两人感情十分融洽，李毛秀每天放学后到陶奶奶家写作业，陶奶奶经常表扬她的优点，指出拿别人东西的危害，发展下去会走上犯罪的道路，教育她要从小不贪小便宜，养成节俭艰苦的生活习惯，不要与别人攀比，学习要吃苦，需要学习用品无钱购买随时告诉陶奶奶。晓之以理，动之以情，李毛秀流下眼泪，表示坚决改正。从那以后，李毛秀完全变了，有次拾到5角钱，马上送给失主；又有一次拾到一件衣服，内有上百元现金，尽管她家中困难，急需要钱，也毫不犹豫交给派出所，这时陶奶奶对她进行了奖励，为她送去钢笔、手帕。浓浓的母爱滋润着李毛秀干涸的心田，她变得心胸开阔，学习更加勤奋，成绩直线上升。

1986年，失足青年屈晓被劳改释放后，思想负担重。为了让他有一安定的环境，陶珍说服厂方重新接纳他做临时工。屈晓入厂后积极肯干，在抗洪中不顾生命危险，从洪水中为厂里抢回4万元的物资，被评为抢险模范，并破格转为正式工人。后来，厂里效益欠佳，发不出工资，生活的重担再一次困扰屈晓时，为了增加收入，陶奶奶又鼓励他业余维修打火机。而此后，每次外出，陶珍也多了一项任务，拾捡废旧的打火机，有一次竟捡了60多只！陶奶奶把打火机给屈晓时意味深长地说："别看是废品，只要修好，照样发光发热。"屈晓深受感动，陶珍又介绍他到熟人的建筑工地守仓库，还动员他妻子经营水果摊，屈晓一家人对她感激不尽。

由于屈晓爱人是农村户口，孩子在城里上户口困难。当时要在城里落户，需要一笔大的经费。就在这名曾经失足的青年苦闷之时，陶珍又为了他，冒着寒风，早出晚归，经过多次的奔波，使他爱人的户口终于解决了。屈晓爱人的户口解决好后，屈晓带着一篓子橘子和500元现金送到陶奶奶的病床前，可陶奶奶婉言谢绝了。陶奶奶对屈晓说："你永远听党的话，走勤劳谋生的正道，这就是给我最好的礼物，否则，即使一篓金子我也不喜欢。"

在陶珍的日记中，密密麻麻写满了帮教对象的名字、思想状态、家庭状况及帮教措施，字里行间，倾注着陶珍对失足青年的无限关爱与厚望。被厂里开除的失足青年罗某劳改释放后，没有工作，父母不管，妻子分离，苦恼至极。陶珍主动把准备住院的2000元借给他，让他开了个家庭皮鞋店，并为他义务推销皮鞋。如今，罗某已经成了致富能手。失足青年毕聘连结婚证的钱都交不起，陶珍主动垫资300元；毕的三轮车撞伤人，陶珍又先后垫资700多元给伤者，还6次到交警部门说情。就这样，先后有37名失足青年在陶奶奶的帮教下走上了正道，其中26名成了致富能手，16个父母离异的孩子在她的关心下学有所成，术有专攻。

陶奶奶的女儿曾小丽说，她妈妈"爱管闲事"已经成了一种"职业病"，濒临离散的家庭管，连在街上卖菜的老农她也管。

晏文华，下岗后染上打牌赌博的恶习，结果越输越赌，日夜不归，妻子劝阻，则拳脚相加，扬言要与妻子离婚，家庭面临危机。陶奶奶得知后立即登门，晚上碰不到，天未亮她又去，终于将其找回来，陶奶奶坐在床沿，苦口婆心地劝诫开导，又找有关悲喜家庭的文章给他看，使他懂得为人夫作人父的责任和义务，明白了赌博是万恶之源的道理，经过陶奶奶数月的跟踪规劝，他终于戒了牌赌。随后陶奶奶又十几次找自来水公司领导，在公司水泵房门边借一块空地，帮他搭棚子，又借给他500元，让他摆摊经营早点，现在晏文华一家过上了小康生活。这样的事还有很多，先后有13户濒临离散的家庭在陶奶奶的劝说下重归于好，过上了幸福生活。

曾小丽说，她妈妈不"管闲事"，心里就不舒服。一次天快黑了，陶奶奶看到一位老农有5斤葱没卖掉，很着急，于是她就帮着找一家饭店来买老农的葱，找到的饭店只肯出4角钱一斤，而老农却坚持要5角钱一斤，结果是陶奶奶按4角钱一斤把葱卖给饭店，从自己的口袋掏出5角钱补给老农，使老农天黑前赶回家。

陶奶奶还有一个称号是编外信访员。对上访者她总是喜欢向他们宣传政策，引导他们依法有序上访，启发他们依政策，按法律，依靠组织解决困难。不少上访者，成了陶奶奶的"忘年交"，信访局的干部称她是编外信访员。市化纤厂有多名年轻的癌症患者，有一段时间为企业改制和解决医药费等问题，多次上访。陶奶奶知道后，把自己身患癌症20年，与癌症顽强斗争的事迹告诉他们。上访者住院后，陶奶奶又打电话慰问或去医院看望，并帮助他们参加癌协的各种活动，现在不少癌症病人不但不上访，而且成了陶奶奶的"忘年交"。2004年，一家企业职工因不懂国家政策上访。陶奶奶看在眼里，急在心里，就利用过去辅导过该企业职工子弟、人际关系熟等优势，引导职工依法、有序上访。她还专门找到雷某、李某，语重心长、苦口婆心做息访工作，令上访者感动不已，表示不再胡乱上访。

榜样的力量是无穷的。在外婆身边长大，受外婆熏陶的外孙杨文标，从小就树立了要做一名像外婆一样的优秀共产党员，像外婆一样"管闲事"的理想。受外婆的影响，在高考前夕，由于"管闲事"，为了抢救一名落水儿童，他献出了宝贵的生命，成了烈士。

陶珍，用她的真情和爱心赢得了人民的尊敬，大家都亲切称她为陶奶奶或陶妈妈。陶奶奶"管闲事"也管出了不少光环，她被中共中央组织部评为全国退休干部先进个人，原国家教委授予她全国教育系统关心下一代先进个人，共青团中央、中共中央宣传部、原国家教委、司法部、全国教育内务司法委员会联合授予她中国100名保护未成年人优秀公民称号。退休后，她受市级以上表彰40多次，但她心中一直最看重的依然还是群众授予她的那个荣誉称号"爱管闲事的陶奶奶"，因为这是群众给她的最高荣誉。

陶奶奶的室内墙上有一幅"立身当如竹，永不变节；做人应像花，落有余香"的条幅，那是陶奶奶的座右铭。是的，陶奶奶确实是这样做的，退休后的陶奶奶除了要坚强地与癌魔作斗争外，还要克服心脏病、肾结石、阑尾炎、乙肝大三阳、胃严重下垂等疾病带来的痛苦，并承受着失夫、失女、失孙的人生打击。她说："我老了，每天只能吃二两饭，做事吃力了许多，尽管这样我仍要努力工作，因为工作永远是一剂消除病痛的灵丹妙药。与青少年在一起，我不觉得自己是一个老人、病夫，只有为青少年奉献点什么，我才感到自己生命的价值，才觉得生活更充实更有意义。"

（原载2005年3月11日《湖南日报》）

把生的希望留给病友
善良青年感动社会也拯救了自己

因无法筹齐手术的巨额费用，一位身患白血病的青年教师毅然放弃本可以通过手术得以康复的治疗，将3.5万元的救命钱慷慨捐献给同室的病友，把生的权利给了病友，他的事迹感动了社会。好人终有好报，社会再次向他伸出援助之手，使他再次走进了医院，许许多多的好心人在呼唤：绝症教师，我们一定要让你坚强地活下去！9月14日，一个阳光明媚的日子，我们在湖南湘雅附一医采访了他，他向我们讲述了他那传奇般的故事。

新婚宴尔，年轻丈夫患上了绝症，
痴心的妻子陪伴丈夫走上了艰辛的募捐之路

这位身患绝症的教师叫欧阳志成，他的父亲是一名小学教师，母亲是一个淳朴的农村妇女，受父母的教诲，欧阳志成从小就立志做一名教师，要让家乡的孩子多学点东西，从而改变家乡的落后面貌。1996年，成绩优异的他在高考志愿栏上郑重地填上家乡的那所师范院校——原邵阳师专（现在的邵阳学院）。在大学里，他如饥似渴地学习，成绩优异。大学毕业时，他放弃了留在市里工作的机会，谢绝了众多单位对他的邀请，回到了他的家乡——国家级贫困县隆回县，在偏远的羊古坳乡中团中学担任语文教师。在学校里，他的敬业精神，他对学生无私的爱，赢得了学校领导、师生和家长的一致好评。2001年，经人介绍，欧阳志成认识了同样热爱教育事业，献身山乡教育事业的，年轻漂亮的，任教于隆回县最偏远的山区学校虎形山中学的教师彭凯丽。同样的志向，同样的追求，将两颗年轻跳动的心紧紧地拴在一起。2002年，他俩牵手走进了婚姻的殿堂。这对青年夫妇，尽管生活上过得很清贫，但过得很幸福，每当自己工作累了时，他们就会向对方讲述自己工作中的故事，讲述他们那清纯可爱的学生，工作疲惫飘然消逝。他们过得很快乐，过得让人很羡慕，俨然是天底下最幸福的人儿。酷爱文学的他曾经用诗歌记述那段美好的日子："有你的日子/我是那么甜蜜/你给我雨露/把我的心儿滋润/你用你美丽的青春/为我撑起蓝天白云……"

天有不测之风云。2003年暑假，欧阳志成去湖南师范大学参加培训班，他感觉浑身乏力，身体也瘦了10多斤，他自己没有在意，认为是培训时期自己太认真、太辛苦。在同学的劝说下，他去湘雅医院做了检查，结果被确诊为急性白血病。同学们把他的病情告诉他的家人，但没有告诉他本人。刚刚结婚一年，还沉浸在甜蜜新婚中的年仅21岁的妻子听到这个消息时，犹如晴天霹雳，怎么也不敢相信自己的耳朵，她多么希望"那只是一场噩梦啊"！当一切都显得那么清晰时，她的心碎了。"我觉得我的天空开始倾斜了。"回忆当时情景,妻子彭凯丽流着泪说出了那句话。彭凯丽和公公婆婆及丈夫的哥哥迅速赶往长沙。医生告诉他们,这种病在医学史上称为"绝症",尽管如今医学发达,但死亡率仍然极高,而且需要大笔钱化疗、骨髓移植……

疾病不相信眼泪。彭凯丽瞒着丈夫擦干眼泪,向学校请了假为丈夫筹措医药费。对白血病,她虽然心里没底,但还是想抓住哪怕只是一丁点的希望。彭凯丽和家人没有把病情告诉欧阳志成,对他说只是一般性的贫血。亲友一拨一拨地来看他,一来就哭哭啼啼。他开始怀疑了,于是偷偷从抽屉里翻出病历,"急性白血病"的字眼跳入他的眼帘。"我不能死,我才28岁,我不能丢下自己心爱的妻子,亲爱的家人,可爱的学生和全社会关心我的人,我一定要坚强地活下去。"父母60多岁了,两个哥哥在家务农,哪来的钱治病呢?这时候,他高中的同学在当年班主任的带领下给他送来了3000多元,他所在的羊古坳乡教育办、妻子所在的虎形山中学也为其募捐了6000多元。

在欧阳志成治病期间,彭凯丽除了四处筹措资金,就是寸步不离地留在他身边,为他讲故事,给他端屎端尿,直感动得欧阳志成泪眼婆娑。彭凯丽还总是对他轻唱那首"我能想到最浪漫的事,就是和你一起慢慢变老"的歌,唱得欧阳志成非常感动。经过化疗,欧阳志成的病情已经得到缓解,但随后的骨髓移植,需要一大笔费用。这笔费用让他俩想都不敢想,筹措的资金和捐款对这巨额的手术费来说只是杯水车薪。有好几次,彭凯丽想卖掉一个肾来帮助自己心爱的人,但欧阳志成死活不同意,"有你这份心,我就是死一百次也值得"。

彭凯丽陪伴丈夫为了筹措手术费走上了艰难的募捐之路。欧阳志成想到了他的母校——邵阳学院。2004年3月28日，欧阳志成年轻貌美的妻子毅然拉着他的手，抱着求助牌，手捧玫瑰花，面对来来往往的人群，跪倒在校门口。开始，不明事情真相的大学生们还调侃说"多浪漫呀"，而彭凯丽早已泪如雨下。当获悉内情后，整个校园被感动了，师生们纷纷解囊相助，欧阳志成当年的古代文学老师，一位德高望重的老教授傅治同先生一人就捐了2000元。欧阳志成的故事感动了家乡的领导。邵阳市教育局党委书记、局长莫良斌知道这事后，曾亲自率市教育工会的负责人前往慰问，并代表邵阳市教育局先后3次为欧阳志成捐款1.2万元。隆回县政府网站为其开辟了网上募捐平台，并公布了他的银行卡号，来自全国各地的爱心款项纷至沓来。2004年4月至5月，隆回县教育局发动全县师生献爱心，共募集6万多元，加上医保和借的钱，彭凯丽为丈夫筹措了近20万元的治疗费。这20万元，凝集着社会的爱心，也凝集彭凯丽的辛酸。她为了省钱，常常是忍饥挨饿，为了省钱，她甚至不愿坐1元的公共汽车。她手捧这笔巨款，不禁泪如雨下，她仿佛看到了丈夫康复的希望……

生死间，他瞒着妻子、父母捐出了3.5万元的救命钱，他用自己的生命拯救另一个生命

今年4月，欧阳志成带着好心人的关爱，带着自己一定要坚强活下去的信念，来到了天津血液病医院，准备做骨髓移植手术。然而，检查下来，发现他不适合做骨髓移植。大剂量的化疗以及来回

费用，已经花去了12万元。从天津回湖南后，他再次住进了湘雅医院。经过广州器官移植中心及湘雅医院配型，终于与其远在广东工作的姐姐配型成功，而且血型也相同。据湘雅医院留美博导、欧阳志成的主治医生介绍，如果顺利移植，手术成功率将达到70%以上。然而，此时经费又成了他面前最大的障碍。欧阳志成沉默了，还有十几万的医疗费到哪里去找呢？社会对他的帮助关爱已经够多了，亲朋好友中能借的也都借了，他真有一种喊天天不应，叫地地不灵的感觉，心爱的妻子陪伴他的左右，在暗暗地流泪、叹息……

在湘雅医院，欧阳志成认识了同样身患白血病的病友彭敦辉。彭敦辉是浏阳人，去年年底确诊为白血病，欧阳志成与他脸型身材很相像，两个人都戴着帽子和眼镜，医护人员和病友都说他俩酷似亲兄弟。他们是在一次散步时偶然相识的，年龄相近，同病相怜，他俩很快成了一对无话不谈的知心朋友。2005年8月9日，欧阳志成再次来到湘雅医院进行治疗时，当走到自己的床位时，发现隔壁床位竟然是彭敦辉，不禁喜极而泣。通过几天的治疗与交谈，欧阳志成了解到，自己和彭敦辉的骨髓都配上了型，只待完成了干细胞移植手术便有望进行移植手术。彭敦辉不到半年时间家中已负债累累，要进行手术，还差5万多元，目前已是一筹莫展。面对自己昂贵的手术费，欧阳志成及家人也心急如焚。与其让两个人放弃，不如让一个人放弃；与其让两个人痛苦，不如让一个人痛苦……在经历了几个不眠之夜后，欧阳志成做出了一个惊人的决定，放弃生命，把自己治疗所剩的钱全部捐给病友。如果硬性送给病友，对方肯定不会收。为了确保成功，8月21日晚餐后，他花10元在外面租了一间房，彻夜不眠，伏案疾书。写了两封情真意切的信，一封给病友彭敦辉，一封给医院负责人。做完这件事，他感到从未有过的轻松。

8月22日下午6时许，彭敦辉从外返回病房。欧阳志成抓住彭敦辉的手鼓励了他很久，然后就说他要走了，送了点礼物给他，已经放在彭敦辉的抽屉里，等他走之后再打开。送走欧阳志成后，彭敦辉回到病房，在抽屉里找到一个信封，这是欧阳志成留下的，里面有一沓厚厚的人民币和两封信。彭敦辉立即冲出病房，但欧阳志成已经不见踪影。当彭敦辉打电话给他时，他不接。好不容易打通电话后，欧阳志成只说句"我走了，兄弟多保重"，就把电话挂了。后来，彭敦辉打他电话，他总是不接。

欧阳志成给彭敦辉的信里这样写道：亲爱的敦辉老弟，当你看到这封信的时候，我已经回家了。带着遗憾，我离开了这个挽留了我近两年生命的医院。也许这就是我们最后一次相见吧！你的坚强与执着，你对生命的向往与热爱，让我感动不已。你在生意场上严重受挫，又罹患绝症，还得自己独当一面，你的人格与魅力让我钦佩。我们虽同样有着新婚的妻子和年迈的父母，虽同样配上了型且在同胞中找到可供移植的供者，虽同样都是为昂贵的移植手术费用而绞尽脑汁，但你还有一个才出生几个月的活泼可爱的小孩……你必须坚强地活着，为了自己，更为了亲人：父母、兄弟、朋友、爱人、孩子……这次我俩因准备做移植手术而同住一室，这是我们生命的缘分。当我万事俱备时，却因10万多元的医药费而不得不放弃。我害怕死亡，因为我还有深爱我的年轻的妻子，白发的双亲，还有那么多帮助过我的好心人。但当我看到你为那笔数十万元的巨额移植费用而唉声叹气时，我想到了身处同样处境的自己。于是，我决定在自己生命走到最后的时候帮助你。在临走之前，我决定将自己还债后所剩的3.5万元无偿捐赠给你用于手术。也许这点钱可以作为我父母的一笔养老金，给他们颐养天年；也许这点钱可以给我兄弟改造那破旧低矮的木房，也许这点钱可以让我在生命的尽头尽情享受……但我思索了很久以后都放弃了。我宁愿把遗憾和痛苦留给自己，把希望和机会留给你。我这样做的唯一目的，就是希望用铁的事实去证明：白血病并不等于死亡！白血病并非不治之症！敦辉老弟，在我走后，希望你能一如既往地坚强活下去，力争为白血病人做出一点点努力……如果你有一天能完全康复，能为我烧一炷清香……那是我最大的欣慰……

他给医院的信是希望把自己的遗体捐赠给医院做医学解剖，为攻克白血病尽自己最后的微薄之力

他捐钱是瞒着妻子、父母和亲人的。8月23日，他回到隆回县后，怀着忐忑不安的心情告诉妻子彭凯丽这个"愚蠢"的决定。听到这个信息后，彭凯丽愣住了，继而说："这可是一笔救命钱啊，即使做不成移植，做巩固治疗还可以吧。你为什么要这样……"还未说完，彭凯丽就哭了，欧阳志成说："这些钱是社会各界给我的爱心款，都是同学、同事们，甚至陌生人一分一分捐来的。就当临死前做的一件好事吧。""老天啊！你睁眼看看吧，我的丈夫是心地多么善良的人啊！你为什么……"她恨老天不公，恨老天无情。她紧紧拥着自己的丈夫泣不成声……

人间自有真情在，他的事迹引来爱心如潮，一位陌生的老板没留名给他捐款15万元，他在心底呼唤：好心的大哥你在哪里？

欧阳志成的事迹感动了病友，感动了湘雅所有医护人员，更感动了社会。欧阳志成告诉我们，他的事迹经过湖南有关网站发布后，引起了全社会的关注。一位从江苏到长沙出差的潘老板无意中得知欧阳志成将自己的救命钱捐给病友的故事，很受感动。潘老板打电话给欧阳志成的主治医生陈方平教授说，欧阳志成的故事让他感动，让他流泪，让他感受到人间的真情，感受到人间的温馨。尽管他还不很富裕，但他决定捐款15万元。接到电话，陈教授欣喜若狂，赶紧把这一消息告诉了欧阳志成："小阳，小阳，你有救啦，有救啦！"目前，钱已经汇到了湘雅医院的账上。做出了这么一大笔捐赠的决定，潘先生却不愿多说，一直回避媒体，甚至不愿说出自己的名字和单位。欧阳志成说，他都不知道好心的潘大哥现在在哪里。

他感动社会，社会也让他感动。湖南省农业龙头企业湖南明园蜂业有限公司董事长刘家银专门看望了欧阳志成，向其捐款5000元，并决定长期为其提供蜂产品，帮助其提高身体免疫力。一位不愿留名的外地商人，专程到医院看望欧阳志成，表示愿意提供力所能及的帮助。湖南三得好购销服务有限公司在公司周年庆祝会上，动员全体员工现场为欧阳志成募捐了近3000元。家住怀化山区的林方说，虽然自己经济不宽裕，但她通过媒体了解欧阳志成的事迹后，毫不犹豫捐出100元。她说，也许100元不算什么，但表达了她对身患白血病的欧阳志成的一片爱心和对他这种无私精神的敬佩。在湘雅，我们还看到护士小姐给欧阳志成送来的来自各地的汇款单，其中有一位上海市实验中学初一（6）班的学生给他汇来了自己50元的助学金；南京一位10岁的小学生给他汇来了积攒下来的零花钱，他在汇款者附言栏写道："欧阳叔叔，我和我们小朋友深深地爱着你！"

"没有好心人的帮助，我走不到这一天。"欧阳志成接受我们采访时说，他一定要好好养病，待身体康复后，他将努力工作以回报社会，回报所有的好心人，一定要好好地活下去，要用自己的行动告诉所有的白血病患者，白血病并不可怕，白血病并不等于死亡。在湘雅医院，我们了解到欧阳志成的病友已经做了移植手术，欧阳志成也马上要做移植手术了。

我们衷心祝愿他手术成功，祝愿他早日康复，祝愿他在今后的人生中一路走好。

（原载2005年《做人与处世》第12期，被评为该期最受读者欢迎文章）

不屈的脊梁扛起一所学校

　　黄荆乡腊树村是湖南省邵阳县最偏远的一个山村，直到2002年才修了一条简易公路进村，才有了与外界联系的电话。就是在这样一个偏僻落后的小山村，因风湿性关节炎而造成腰脊椎、颈椎骨严重畸形，大小腿肌肉严重萎缩的残疾教师李真清默默工作了23年。

　　20多年前的李真清是一个非常健康的小伙子。1980年，他从邵阳师范学校毕业后，最初是在条件较好的镇中心完小任教。1983年他到腊树村探亲，看到村小清一色是代课教师，几间破旧的土坯教室，学生坐在砖头架起的木板上，一个个满身泥灰。眼前的情景深深地刺痛了他的心。这年冬天，他不顾家人的劝阻，回到村小任教。

　　条件艰苦的腊树小学不仅考验着李真清的意志与毅力，还摧残了他的躯体。由于当时他在学校的居室非常阴暗潮湿，加上超负荷的工作，1987年，李真清患上了慢性风湿性关节炎。医生建议他住院治疗6个月，然而李真清放不下村小的孩子们，一个月后病情有所好转他就出院了。

　　出院20天后，他旧病复发，颈椎、腰椎疼痛更加剧烈。但李真清没有重返医院治疗，而是咬牙坚持着。他先是扶着墙壁，佝偻着身子上讲台，后来是用T形木架撑着身子上课，在教室里不知摔了多少跤。19年里，风湿病魔日日夜夜折磨着他，而他所教的班级，每年在乡抽考、统考中都名列榜首。

　　在李真清的眼里，没有教不好的学生。曾经有个学生非常调皮，家长只好求助李真清。刚开始，学生对拄着拐杖的李真清经常顶嘴。有一天，在做数学练习时，李真清挪动着双脚，来到那名学生面前，刚想放下拐杖，突然，双脚无力跪倒在地上，额头重重地撞在该学生的桌子上，鲜血直流。那学生先是一惊，之后马上抱着李老师，边哭边说："老师，我以后一定好好学习。"顷刻，教室里哭喊声一片……第二节课铃声响时，李老师又出现在讲台上。从此以后，那个学生学习态度大变，成绩跃至全班前列，去年还以全乡最高分考入县重点高中。

　　李真清在腊树任教23年来，他的学生没有一个辍学的。1997年上学期，学校开学的第三天，李真清班上还有两名女生没有报到。李老师马上走访了两名学生的家。原来一名学生的母亲做了胃切除手术，负债上万元；另一名学生的父亲患肺癌而死，母亲改嫁，靠爷爷奶奶带养。怎么办？李真清自掏300多元，替这两个可怜的孩子交了学费。而李老师上有80多岁的父母，下有正在上学的两个孩子，妻子还患有心脏病，家里常常要弟弟和其他亲戚资助。

　　病魔摧残了李真清的身体，却压不垮他那不屈的脊梁。我们去采访时，腊树村小学由于生源不足，只开办小学一、二年级，其他教师纷纷离校而去，李真清一个人支撑着这所学校。他说，学校办一天，他就会干一天。

(原载2006年12月27日《中国教育报》)

她追求的是另一种富有

她没有金项链，没有金耳环，甚至在她的手指上连一枚小小的金戒指都没有。然而她有着另外的一种富有，她是"全国模范教师""国家级骨干教师""湖南省巾帼百佳"，她当选为中国妇代会"八大"代表，获得邵阳市"专业技术人员突出贡献奖"。她就是新邵县酿溪镇第二小学教师唐福秋。

"为什么我的眼里常含着泪水，因为我对这片土地爱得深沉。"学生时代的唐福秋读着艾青的这句诗，总禁不住想：诗人为什么会如此感动，感动为什么会化作如此澎湃的激情？1982年唐福秋从师范学校毕业步入教坛后，也正是因为有着大诗人艾青那种对土地爱得深沉的激情，在她培育了一届又一届的学生后，她终于品味出了诗人的情感，找到了自己与诗人相通的心灵；也正是这种激情，使她全身心地投入到了自己所从事的工作中，在平凡的岗位上默默地耕耘。

教师这一职业是一份需要用痴心去追求、用恒心去锻造、用爱心去铸就的伟大事业，而唐福秋正是凭着对教育事业的热爱和无私奉献的精神，22年如一日，呕心沥血，为教育事业默默奉献。从

1982年参加工作开始，无论是在偏远的山村，还是在县城小学，她都矢志不渝地在教学第一线摸爬滚打，把自己平凡的工作当作一项宏伟的工程来打造。

唐福秋永远也忘不了1987年5月那一个骄阳似火的夏日。那天，她刚走下邵阳市优秀青年教师观摩课的讲台，便乘车赶回县城。一下车，她就蹲在路旁，一个劲地呕吐，然后她感到全身发冷。同行的一位老师将她搀扶到医院，经诊断为劳累过度，有小产先兆的症状，建议住院卧床保胎。然而唐老师哪舍得离开自己魂牵梦萦的讲台，哪舍得那一双双渴求知识的眸子。第二天一早，她不顾领导、同事和家人的劝阻，带着对事业的追求，带着对学生的浓浓深情，又走进教室，走上讲台。由于过度劳累，她晕倒在讲台，腹中的胎儿也因此流产。

跟唐福秋共过事的人都知道，她是一个工作狂。无数个休息日，唐福秋没有和家人外出散步、休闲，没有和亲朋好友聚会，她总是远离喧嚣人群，把自己关在七尺天地，忙着自己的事业。她说她从来不觉得累，她觉得这样的生活是一种幸福。她曾经在日记中这样写道："一学年匆匆而过，回望一年来的朝朝暮暮，似乎所有的分分秒秒里，都过得格外轻松。"唐福秋就这样忙碌，但又幸福地工作着。课前，她认真钻研教材教法，撰写出切实可行的教学方案；课中，她全身心教学，用饱满的热情、生动的语言引导学生吮吸知识的乳汁；课后，她精心批改作业，热心辅导后进生，认真分析每堂课的得与失。

要使学生学得更好，教师自己就必须学得更多。参加工作以来，唐福秋始终没有忘记自己要不断地学习，要不断地从书本中汲取知识的乳汁，不断地充实、更新和完善自己。在唐福秋那陈设简陋的居室里，却有着一个非常独特的现象——到处都是书。可以毫不夸张地说，无论你坐在她家中的哪个角落，只要一伸手，便能拿到书。她通过自学获得了大专文凭，她系统地钻研了《教学设计原理》《电化教学原理》《课堂电化教学设计》等教育教学理论书籍。她收集和整理了近五十万字的资料和近百万字的教学心得。

创新，是一个民族的灵魂。在教学的园地里，唐福秋就是在不断地探索教育的真谛，在不断地进行教育的创新。她先后尝试过"三段式教学""愉快教学""问题教学""探究性学习""研究性学习"和"创新教学"等多种教学模式和方法，使自己的教学具有独特的风格。也正因为创新，她的课堂是灵活而又开放的，一个往常晦涩难懂的数学算式，在她的四步妙趣横生的游戏活动中，总是轻而易举地将学生引向生动的、有形的数学王国。她的课堂又是严谨的，她准确地借助现代信息技术的语言、行为、符号、情感来刺激学生的心理体验，使学生不仅会学数学，而且能时时感受数学学习的快乐。

知识的占有率固然重要，但仅有知识，仅有才能，没有对学生深深的爱，还是培养不出品学兼优的学生。她深知作为教师更需要用一种人格的力量——用师德去熏陶学生，用爱撒播希望，用真诚对待学生。在她22年的教学生涯中，她履行了无言的承诺。她一直都认为她的每一个学生都像孕育在土壤中等待发芽的种子，一旦感受到春天的温暖就会萌动、生长。老师对他们的尊重、赞赏和期待会使他们的潜能和个性自由充分地表现出来，她更强烈地感到真情是维持学生向心力和凝聚力的最好纽带。因此，她在教学中巧妙地把"德"字贯穿始终。这样,她的学生在学习生活中如沐春风,如润春雨,健康并快乐地成长。唐福秋对每位学生始终有着慈母般的爱。记得2002年下学期,她欣然接纳了一名弱智的儿童,在生活上对他关怀,在学习上给予他细心指导,使他突破发音障碍,逐渐适应课程学习。后来,这位学生的父母下岗后到沿海打工了,她就干脆把学生接到自己家里生活,耐心地照顾他。学生的父母感动得热泪盈眶。春风化雨,润物无声。因为有着艾青"对土地爱得深沉"的那种激情,每个星期一,对她来说都是极幸福的日子。因为每到星期一这一天,她就会收到她所教班级学生交给她的、被她称为"幸福快餐"的周记,在学生那敞开的心扉里,在学生饱含信任、真情流露的字句里,她仿佛走进了一片纯洁的天地,幸福感油然而生,因为这是自己与学生在进行心与心的沟通。

一分辛劳,一分收获。早在20世纪80年代中期,唐福秋就成为新邵市的教改新秀,在全市举行的教学比武中多次获得好成绩。2000年,她执教的"长方形周长的计算"一课获湖南省一等奖;她所设计的数学活动课例"快乐时光"获得湖南省素质教育成果一等奖。也正是凭着她常年刻苦的钻研,她撰写了大量的教学论文、实验方案和实验报告。其中有40多篇在国家、省、市报刊上发表或在征文中获奖。2001年,她主持并完成"九五"规划重点课题"中国基础教育现代化实施策略研究"的子课题"现代教育技术促进素质教育的途径与方法"的实验研究,经湖南省中小学教改规划指导小组和国家教育部规划办评审获得一等奖,构建了新型教学模式,在全省推广应用。2002年,实验论文《网络化学习环境下学生个别化自主学习的研究与实践》在省级刊物上发表,并于同年获"首届全国中小学教师创新研究优秀成果"一等奖。

她所教的学生一个个走进了高等学府，走进社会的各个工作岗位，有不少还成了单位的骨干，他们都在为社会默默地奉献，但是无论他们走到哪里，他们始终忘不了他们的老师唐福秋。每年教师节到来的时候，总是唐福秋快乐而骄傲的日子，学生的贺卡会如雪片般飘至她的案头。每当她看到"桃花潭水深千尺，不及恩师育我情"时，每当她读到"感谢您，老师，我已学会堂堂正正做人，正如你那工整的板书"时，她深深觉得是教师这个职业升华了她的人生。她常常说："如果有下辈子，我还会选择做教师。"

岁月平静如歌，唐福秋在平凡的岗位上铸就了她人生的辉煌，在她22年的教学生涯中留下了串串闪光的足迹，但在众多的荣誉面前，唐老师没有丝毫的自满，在校园里，人们依然能看到她那瘦小却坚毅的身躯在忙碌。

（原载2006年《湖南教育》第28期）

青少年科技教育园里的"痴人"

巍巍的吉山脚下，潺潺的洞水河畔，有一所受到20多位国家、省级领导和6位两院院士题词鼓励，并被评为"湖南省青少年科技示范基地学校"的小学——隆回县洞下小学。一所位于国家级贫困县的小学为何能如此引人关注，为何能取得如此好的成绩呢？这离不开一个人，这个学校的前任校长，该校现在的兼职科技辅导员，这位有着"全国优秀教师""全国优秀科技辅导员""湖南省教育系统劳模"等10多顶光环的小学特级教师、共产党员、隆回县金石桥镇教育办教师陈富昌。

家乡的落后，使他从小就懂得了科技的重要，为了播撒科技星火，
科技"痴人"痛失两位亲人

陈富昌出生在一个贫困的家庭，他半岁时，父亲因病无钱治疗不幸早逝，为了生存，母亲忍痛将他送给年岁已高的堂兄抚养。读中学时，陈富昌的养父母均年逾古稀，读中学的他除了要努力学习外，还要挑起种自留地、担水、砍柴、挣工分等生活重担。作为

国家级贫困县中的贫困村，他家乡实在太落后了。家乡的落后，使他从小就懂得了科技的重要。为了改变家乡的落后面貌，陈富昌有一个念头，那就是要努力学习科学文化知识，要让科技的星火传遍家乡，要让科技帮助村里的群众早日脱贫致富。有了这个念头，陈富昌学习异常刻苦。学生时期，他对科技就产生了浓厚的兴趣。由于从小饱受生活的艰辛，也因而培养了陈富昌日后坚强的意志，能吃苦耐劳的性格。1964年，陈富昌高中毕业后，走上了神圣的讲台，也从那一刻起，他下定了决心，一定要让他的学生多学点知识，要让科技的火种传遍那个贫穷的山乡。他忘我的工作精神赢得了师生的好评，也赢得了领导的重视。1976年，上级安排他担任洞下小学分管青少年科技、劳动教育、勤工俭学等工作的副校长。在担任副校长期间，通过他的努力，他争取到水田4.6亩、茶园8亩、旱地4亩、水塘1亩作为劳动基地。有了劳动基地，陈富昌的干劲更足了，他带领师生奋力拼搏，星期天、节假日都待在劳动基地。有人说，他是青少年科技教育园地里的"痴人"，也正因为对科技教育的"痴"，他失去的太多太多，为了青少年科技教育，这位科技"痴人"痛失了两位亲人。陈富昌永远也忘不了1978年8月14日那个难忘的日子，妻子与人发生争吵受了委屈，邻居走到学校告诉他。一贯宽以待人、严于律己的陈富昌，中午休息时，匆匆赶回家劝解爱人几句后，又赶回了学校。因为下午他要带学生做"821"良种油菜对比试验，他想家庭再大的事也是小事，学校工作再小的事也是大事，暂时委屈一下爱人，等放学回家后再做爱人的思想工作。谁知爱人性格刚烈、倔强，认为自己受了委屈连丈夫也只轻描淡写讲几句，想不通后，自尽了。妻子去世后，陈富昌哭得天昏地暗，他的学生们也一个个哭红了眼睛。假如当时陈富昌不以学校的工作为重，向学校请半天假，请当地领导做一下调解工作；再假如陈富昌不急于指导学生搞科研实验，在家里细心地做爱人工作，陪伴着爱人消消气，也许就不是这样的结果。爱人的去世给了陈富昌沉重的打击，但陈富昌强忍着巨大的哀痛，为了学生，妻子去世后的第二天，他又踏上讲台。为了学生，他强忍着肝肠寸断之悲恸，忍着血泪双枯之痛楚，化悲痛为力量，在青少年科技教育的园地里继续顽强地跋涉。屋漏更遭连夜雨，行船又撞打头风。妻子去世后，陈富昌既要教一个初中班的语、数、劳技，当班主任，还要分管一个4.6亩水田、8亩旱地的科技基地，同时还要带领师生开展科学实验。当时他的3个孩子，最大的刚满7岁，最小的才两岁，妻子去世后，无人照顾，陈富昌既做爹又当妈，任务的繁重，辛苦的滋味，可想而知。1979年7月上旬，学校正在试验从省农科院买回的杂交水稻，他又具体负责这项工作，正是水稻上胚，"禾怕胚上干"，试验田严重缺水。缺水季节，村民都是半夜在田间管水，如果学校试验田不加夜班管水，水被别人放走，试验田杂交水稻就会眼巴巴看着干死。陈富昌永远也忘不了那一天，凌晨3点多，天还未亮，他的二儿子流着眼泪指着肚子喊肚痛，陈富昌认为儿子只是受了点风寒，不碍事，他想等他把科技试验田里的水放满后，再带儿子去医院看病，于是给儿子抓了背，揉了揉肚子，便匆匆到科技试验田灌水去了。一直在科学试验田间守水、管水到早晨8点多，4.6亩水田，水灌满了，当他回到家时，惊呆了。他二儿子已经气息奄奄，满床粪水、血水，已经承受过失去亲人痛苦的陈富昌抱起两眼发白的儿子直奔医院，但还是晚了，医生告诉他，儿子是急性痢疾中毒，无法挽救。如果早3个小时送来还有机会。为了学校科技试验的成功，为了不让胚种干坏，他没能及时将得病的儿子送医院抢救，从而使他遭受了第二次失去亲人的沉重打击。他的良种油菜试验成功了，他的杂交水稻丰收了，然而他也因此失去了两个亲人。如果是意志衰弱者，会一蹶不起，萎靡消沉。然而陈富昌尽管内心异常痛苦，但始终没有放弃他心中的梦想，在克服重重困难之后，在青少年科技教育的园地里，继续为家乡播种着科技星火，在青少年科技教育的园地里不倦地耕耘。

为了指导学生进行科技实验，他背着医生偷偷溜出医院，
他忘我拼搏，他用汗水换回了一串串丰硕的果实

有人说，陈富昌为了青少年科技教育，为了让学生多学点知识，可以说是在拼命。也正因为他这样拼命工作，过度劳累，生活无规律，时饱时饿时冷时热硬撑着，造成他身体透支，患上了胃溃疡、胃出血、结肠炎、慢性咽喉炎等疾病。1988年8月11日下午1点多，陈富昌正在指导学生开展"陡坡沙土条沟种植农作物高产实验"，还没有吃中餐，就冒着炎炎烈日忍着饥饿在试验地锄草，由于过度劳累，忽然觉得头晕，紧接着一口棕红色的鲜血从口中喷吐而出，使他两眼冒金星，腿脚发软，豆大的汗珠从他额角滚下来，顿时瘫坐在地里。后经同事送到区医院急救，再转县人民医院抢救才保住生命，经检查是胃大出血。有人说陈富昌是一个只要有一点生命火花，就要为党和人民的教育事业发光发热的人。他在住院期间终始牵挂着洞下小学的实验项目，在医院抢救脱险以后，总放心

不下学校陡坡沙地"红薯、间种黄豆做墩打尖高产"实验，为了不使这个科技实验项目失败，自己的身体刚刚恢复到能站立慢走的时候，就背着医生偷偷溜出医院，坐车50多公里回了学校，指导师生搞好这个科技实验。虽然当时挨了医生、护士的"剋"，但由于及时得到陈老师指导，这个项目最终获得全国青少年科技活动"人与环境"大赛实验报告二等奖。

1983年从中国烟草研究所引来美国的马里兰香烟种、从涟源引进甜叶菊种进行试验，马里兰香烟与甜叶菊经陈富昌带领学生精心培育，其苗长势喜人。4月中旬一天晚上忽然雷声大作，劳累了一天的陈富昌被炸雷惊醒，拿起手电，披着雨衣，抱一捆塑料膜便深一脚浅一脚往苗圃赶去。"咚"的一声，他不小心一脚踩虚了，掉到落差3米多的坎下，手腿几处擦破皮，几处出血，脚扭伤。他忍着剧痛，仍一拐一拐地向苗圃赶去，望着一棵棵被暴雨打歪的幼苗，他心疼极了，一个人在暴雨中边扶苗边盖塑料膜，塑料膜不够，干脆脱下雨衣给盖上。幼苗得救了，他却淋得像个落汤鸡，也因而整整病了两天两夜未起床。这一年不仅圆满完成了县科委的科研任务，"甜叶菊沙子盖种双膜保温育苗法"还获得湖南省科技二等奖。他为了青少年科技教育，20多年来，节假日基本上没休息过，把满腔心血倾注在青少年科技教育事业上。2004年、2005年的大年夜，为了整理青少年科技资料，他都是一直工作到深夜2点，连春节联欢晚会节目都没有时间看。要发展家乡的经济，就必须给学生插上科技的翅膀，开展科技教育，培养学生科技创新素质。为了培养科技后备力量，陈富昌指导学生开展了小种植、小养殖、小采集、小发明、小加工等科技活动。10多年来，他指导学生开展了"红薯苗营养球插高产实验""水稻杂交育种实验""野蕨家养再生、高产实验""野菜开发培育实验""凤尾菇高产探索""鼠妇繁殖新法实验""鸭、稻共栖配套高产实验""野生水芹旱育实验""野生茶开发实验""孔雀草加工成农药毒杀线虫实验""鲜雏菊加工成食物色拉实验";并开展小制作小发明活动,发明了"封闭式卫生方便撮箕""果树高处摘果器""种子快速催芽箱"等百余个科技项目;他辅导中小学引进培育良种20余个,通过对比试验,根据各种农作物种子的丰产性、适应性、抗逆性及经济性状,在众多品种中筛选出高产、质清、抗逆性强的新品种。进行了杂交水稻育种、引进培育了红薯"红心王二号""梅营二号",培育的"德日二号"萝卜产量是常规品种产量的两倍,培养的"超油"油菜较常规品种增产30%—50%。他辅导洞下小学开展的"红薯QS52-7挖穴蓄水、穴土盖兜高产探索"实验,经县科委、县科协、县教委验收,亩产红薯10058公斤。他指导培育的这个良种已在省内外推广3万多亩,经县、市专家评估每年可增产1000多万公斤,增加300多万元的经济效益,促进当地经济发展。在活动中,学生创新素质得到了很大提高。毕业后这些学生走向社会,将在学校学习的科技知识带回家乡,运用于实践。洞下小学毕业的陈昌善、彭祥生在学校学到良种红薯高产技术、柑橘高产栽培技术,回村带头搞起红薯高产试验,带头建起高产柑橘园。为了让科技的火种传播得更广,陈富昌还承担了县教育局、县科委、县科协的科技培训任务。10多年来为乡镇农校举办了食用菌培训班、食品加工培训班等16期。学员们学到了一门过硬的技术,如桃洪镇张代勇通过学习在家办起无公害食用菌场,年产食用菌3万余公斤,产值10万余元，获利5万余元。

为青少年科技教育事业，陈富昌敢于卧薪尝胆，忘我拼搏。一分耕耘，一分收获。他用汗水，换回了一串串丰硕的果实。10多年来，在全国青少年生物百项科技竞赛、全国小学自然知识智力竞赛、全国青少年科技创新大赛中，他辅导中小学学生160多个科技项目获奖。陈富昌说他特别难忘的是1999年8月那个艳阳高照、晴空碧透的日子，他代表湖南省讲述科技辅导经验时，1000多人的会场报以热烈的掌声，使他热血沸腾。因为自己的辛勤努力得到了社会的肯定，也因而更加坚定了他要为青少年科技教育奋斗一生的信心。

他是个科技"痴人"，他也是位好校长，他的办学业绩赢得了中央
领导和中国科学院、中国工程院院士的题词赞誉

陈富昌不仅是位科技"痴人"，同时他也是一位好校长，他的办学业绩赢得了中央领导和中国科学院、中国工程院院士的题词赞誉。陈富昌在洞下小学任分管青少年科技、勤工俭学、劳动教育的副校长时，带领师生进行勤工俭学。通过全体师生的努力，学校经济效益不断增长，当时全校共220人，连续3年学生上学学费全免，不收分文。其办学经验在全国基础教育经验交流会上介绍，其经验材料发至全国各省、市。洞下小学原校舍破破烂烂，教学楼还是民国年间修的老祠堂，破旧、阴暗的教室严重威胁师生的生命安全和身心健康，教育教学质量受到一定影响。为了改善教学条件，他与村委会商量，决定新建教学楼。在他的努力下，1978年秋，一

座700m²的教学大楼拔地而起。为了学校的发展，2002年学校需要建一栋新的办公楼，但基建资金缺口大，该村又属国家级贫困县中的贫困村，筹措资金非常困难。为了教育事业，他义不容辞地与村干部一起到处"化缘"。2002年农历十二月下旬，学校师生放假准备回家过年，他居然带病与村干部到北京的学生、朋友处求援。由于严冬，北京的气温低至零下20多摄氏度，南方人很不适应北京气候，患上严重感冒，回家连续打了四天吊针。通过他的多方筹措资金，现在一座1000m²的新教学大楼已经拔地而起。教学楼修好后，紧接着他带领师生栽花种草、美化校园。现在校园内四季见绿，月月见花，成了学生理想的学习园地。

陈富昌不仅抓硬件建设，还狠抓学校素质教育、抓教学改革、抓教学质量。该校的"集中识字"改革经验在县、市推广。每次县、市会考，该校教学成绩均名列乡、镇前茅。他主抓的自然教学改革、劳动教育、青少年科技教育6次在国家级会议上介绍经验。他在该校主持的5项教改课题获省、市基础教育教研教改成果一、二、三等奖。他的办学思路是面向全体学科、面向全体学生的，他对学生全面开展素质教育。10多年来，在陈富昌的精心辅导下，学校开展了100多项科技活动，制作科技作品1260多件；引进果、粮、蔬菜良种22个，培育良种3万余公斤，省内外推广良种4万余亩，增产2000多万公斤，增加经济效益400多万元；采集培育野菜128种，制作野菜标本1000余件；采集培育山野茶42种，制作山野茶标本462件；采集野花136种，制作野花标本1200余件；采集野果86种，制作野果标本186件。学校还在劳技教育中开展科技活动，120多位中小学生获县、市、省、国家青少年科技创新大赛

一、二、三等奖，其中9个项目获国家一、二、三等奖，一个项目获全国特等奖。该校20多次被评为县、市先进单位，5次被省教育厅、省科协等单位评为先进单位，1次被省委、省政府评为先进单位，1次被评为中国青少年21世纪科学基金会绿色活动先进单位。该校1978年被评为隆回县重点小学，2002年被授牌为县文明学校，1998年经湖南省科技专家、领导考察、评估，授牌为"湖南省青少年科技活动示范基地"。该校每一项成绩的取得都凝聚着陈富昌的心血。洞下小学在陈富昌与师生的共同努力下，其办学业绩得到了中央领导和6位两院院士的题词赞誉。

给学生一碗水，就要求自己拥有一桶水，要培养好学生，
自己就必须打好牢固基础，陈富昌时时不忘学习

庄子云："水之积也不厚，则负大舟也无力……风之积也不厚，则其负大翼也无力。"陈富昌知道要给学生一碗水，自己就必须拥有一桶水，要培养好科技后备力量，自己必须要打好牢固的科学文化基础。陈富昌始终不忘学习，先后自学了《高等数学》《儿童心理学》《中国古代汉语》，通过自学获得了原湖南省教育学院的大专毕业文凭。科技教育涉及数、理、化、生等学科，开展科技活动实验时，面对一个个质疑的学生，他难堪了，他用毛笔在书桌前写下"锲而不舍，天道酬勤"。为了学习，他不抽烟、不喝酒、不玩牌，潜心学习，他清楚地认识到，只有努力学习业务知识，才能胜任工作；不积跬步，无以至千里，不积小流，无以成江海，知识是一点一滴积累起来的。没有资料，他向其他老师、朋友借，节

衣缩食去买。20世纪80年代他的工资只有40多元，小孩上学要钱，他自己舍不得花钱买一件新衣服，总是穿些旧衣服将就将就，但只要他需要的书，不论价多高他也买。到市里和省城出差开会，别人休息逛公园、商场，而他却一个人跑到书店，选书、看书、购书。现在他每年自费订阅专业杂志10余种，费用上千元。

学习没有时间，靠业余休息时挤。特别是他痛失爱妻娇子那段时间，精神上受到严重摧残，生活上更是困难重重。每天10多个小时的紧张工作，他精疲力竭。他做完家务、安排好孩子们睡觉、备课阅卷后，才在那盏昏暗的煤油灯下如饥似渴地学习新知识，有时学到凌晨一两点。

为了学习实用技术，1983年、1985年他自费利用寒、暑假去福建古田、长沙食用菌研究所学习食用菌栽培技术。1987年暑假去河南永城罐头厂学习食品加工技术。2002年自费去安徽省黄山市学习清洁燃烧器技术。学习期间，因钱不够，挨了很多白眼，受了很多歧视。1983年到古田食用菌研究所学习，因交不起高额学费，研究所的人拒绝他入内，他软缠硬磨，好话讲了"几担"，终于感动了对方。他们不但将技术毫无保留地传给他，临行时还免费赠送了几瓶菌种给他。陈富昌回家后很快红红火火干起来。1985年，他编写的《食用菌栽培技术》成为全县部分中小学、乡农校乡土劳技教材。1987年去河南永城学习食品加工技术后，马上回学校办起小型罐头厂，还为县教委、县劳动局办了几期食品加工技术培训班。近几年为了提高自己的业务水平，他利用节假日多次到长沙向中南大学高教研究所所长、博导肖云龙教授，湖南师大生命科学院系主任、博导颜亨梅教授，中国科学院亚热带农业生态研究所彭廷柏教授等请教。他不但自己学，还请专家来辅导学校师生，提高他们的水平。2001年他特地聘请衡阳技术学院院长张天晓教授、湖南省发明协会许伯俨高级工程师、全国著名水稻专家李必湖教授来洞下小学进行科技讲座，现场指导，并邀请全镇科技辅导教师参加听课。他通过自学，业务能力大幅度提高，无论是教语文、数学，还是教其他学科，每次会考，他所教学科均名列前茅。为了使科技的火种传播得更广，他还先后为县一中、二中、职中及乡镇农校师生上科技辅导课460多课时，为隆回县科技辅导教师上科技讲座课12次，办教师科技培训班16期，为邵阳市、武冈市、新化县、洞口县等省内外的10多个市、县来洞下小学参观科技活动的同志上辅导课。他不仅注重实践工作，也注重理论研究，他在省级、国家级刊物上发表教育、教学、科技论文30多篇，其中有20余篇论文获国家、省、市级一、二等奖。为县、市主编、参编劳技、活动课教材4册。撰写《中小学劳动(劳技)教育研究》专著一部26万余字，由华龄出版社出版，邵阳市教育局将其作为全市劳技、科技教师辅导用书。该书获邵阳市政府颁发的社会科学成果二等奖。由于出色的业绩、深厚的知识功底，他被选为隆回县青少年科技教育协会副理事长、邵阳市青少年科技教育协会常务理事，同时被选为邵阳市自然教学委员会副理事长、湖南省自然教学委员会理事。他还是湖南科普作家协会会员、中国中小学劳技教育研究会会员、中国青少年科技协会会员，并担任邵阳市中小学教师专业技术中级评审委员，担任省、市青少年科技创新大赛、自然实验教学比赛评委。

创新，是一个民族的灵魂，学识无止境，陈富昌在教学的园地里，
在不断地进行探索、创新，有人说他是教改园地里一头永不知疲倦
的"老黄牛"

　　在教学的园地里，陈富昌在不倦地探索、创新。20多年来他承担了国家、省、市基础教育教研课题10多个，如"农村中小学劳动教育研究""充分发挥录像优势，加强学校政治思想教育研究""农村小学自然创新教育研究""农村学校在勤工俭学中开展科技活动研究"等。其中8个项目获国家、省、市教研教改基础教育成果一、二、三等奖，2个项目获市政府颁发的社会科学成果奖。他在教学中敢于打破传统的教学方法，大胆进行教学改革。1993年他进行"改革农村小学自然教学，适应农村经济建设需要"的试验，通过自然教学改革，提高学生科学素质，培养学生实践操作和动手能力，并密切联系当地经济，培养科技后备力量，促进当地经济发展。这一课题获湖南省第三届基础教育教研教改成果三等奖；1994年《中国教育报》在《来自特种军的报告》一文中给予高度评价："该成果创新性强，具有地域特色。"陈富昌在全国自然教学经验交流会上作为湖南唯一介绍经验的代表，宣读其论文。2002年他与人合作承担了国家"十五"规划教育部重点课题子课题"在农村中小学劳动技术教育中开展科技活动，培养学生创新素质"，他担任该课题组组长，倾注全部心血，投入满腔热情，进行课题研究。这个课题后来得到了中南大学博导肖云龙教授，湖南师大博导颜亨梅教授、陈成文教授

的高度评价。2005年被评为湖南省基础教育教学成果一等奖。
2003年他与教育办成员一道开展"贫困山区中小学思想道德教育
改革研究"课题，并担任该课题组组长，对全镇30余所中小学的
德育状况进行分析，对试验学校的项目进行确定，对试验人员进
行分工，对试验结果进行检测。从研究背景、研究主要活动、研究
思路观点、研究理论意义及应用价值、研究方法等方面下功夫，并
制订了详细的具体的实施方案。通过两年多的努力，效果明显，成
绩突出。2005年5月，此项目参加由中国教育学会、中央教科所等
教研权威单位主办的"全国中小学思想道德建设优秀成果展评"。
这个课题获全国中小学思德建设集体优秀成果一等奖。金石桥镇
教育办被评为全国思德建设活动先进单位。他个人研究的"中小学
劳动心理教育"课题也被评为"全国中小学思德成果一等奖"。

　　他不仅在青少年科技教育园地里取得突出的成绩，办学业绩
卓著，是一位治学有方的好校长，同时，他也是一位受人爱戴的好
师长。

　　陈富昌最崇尚的就是一个"爱"字，在他那里，爱已不能用
简单的投入来说明。陈富昌有着20多年的班主任经历。在他眼里
没有差生，学生只有差异。他用真情、用爱心与学生进行情感的交
融，进行心灵的对话。他像慈母，像严父，用无限深情在学生心头
洒下一片阳光。有一个学生叫张生红，脚患了肿毒，痛苦不堪，总
是愁眉不展，学习也退步了，陈富昌看在眼里想在心里。他将学生
接到学校留在自己房里住宿并为他买药、涂药，并定时端开水给他
吃药，晚上起来给他盖被。张生红被陈老师这慈母般的情意感动得
说不出话来。在陈老师的精心照料下经过一段时间治疗，他的病好

了，不但精神振作起来，学习也进步了。

陈富昌常说："学生是受教育者，需要我们去塑造、理解和爱护。"学生的转折、成才除了家庭、社会的影响，更重要的还靠教师去塑造，去点燃学生思想的火花。他班上有一名男学生开始有乱拿同学东西的习惯，有一次居然拿了老师的钱，遭到老师的批评、同学的讽刺嘲笑。这个学生感到无脸见人，想辍学，陈富昌认为教师有责任去教育他、改变他、塑造他，学生年幼无知，不能眼看他失学。他制止了老师们对那学生的批评、同学们的嘲笑讽刺，将准备辍学的学生留了下来，关心他、爱护他，并巧妙地组织班队活动，开展了讲故事活动帮助他。如讲孔融让梨、亡羊补牢等故事进行正面教育。通过个别谈话、家访等耐心细致的思想工作，陈富昌用春风化雨般的教育方法滋润了他的心灵。该生彻底认识了错误，并彻底改正了错误。这样不仅仅是帮助一位学生减轻了心头压力，而是为一个灵魂点燃希望之光。这个学生增强了自信心，奋发向上，刻苦学习，成了品学兼优的好学生，后来还考上了大学。爱学生不仅要关心学生学习、思想进步，还要关心学生生活，时刻把他们的冷暖、困难放在心上。陈富昌儿子任教的金石桥中学，有一名叫史兴青的同学冬天穿得非常单薄，冻得直哆嗦。陈富昌知道后，心里非常难过，好像他自己在挨冻。那个星期天，他要儿子把史兴青留在自己家里吃饭，留在家里住宿，并给他3件衣服，这个学生非常感激。这位学生成绩优异，2004年考上了清华大学，上大学后的史兴青每次放假回家总要到陈富昌和他儿子家里看看。金石桥镇中学有一个叫陈朋志的学生，一家三口都在省级医院住院，无钱治病。陈富昌听到这个消息后，虽然自己还有一个儿子读大学要钱，自己生病也经常花钱治疗，家里也比较困难，面对有困难的学生他却毫不犹豫地从口袋里摸出仅有的100元捐给这个学生。此外，他还经常为患病的黄金井兰草田小学的李思思、小雨晨等几十名贫困学生捐款，垫付学费、送温暖等，达5600余元。

　　陈富昌常说"爱就是无私，爱就是奉献，爱就是给予，爱就是多想别人。多为他人做好事"。他确实履行了自己的诺言。他不仅爱学生，也爱自己的教师。陈世楚老师是一位工作扎实肯干、有培养前途的好同志，在第一届民办教师推荐上师范院校时，他是候选人之一。后来听说候选人有改变，陈富昌听到消息后，他急得如热锅上的蚂蚁，冒着冷冽的寒风急忙乘车100多公里赶到市教育局，反映情况。在车上，他尿路结石病发作，疼得脸发紫，冷汗直冒，下车后直奔医院打止痛针，刚止痛，马上赶到市教育局找到主管领导介绍陈世楚同志的优点，说明符合推荐条件，请求领导考虑照顾山区教师。市局领导听了陈老师的介绍，为陈老师这种关心下属的举动所感动，后来还是推荐了该同志到湖南师大读书。现在陈世楚老师已是隆回二中的骨干教师了。罗海江老师原来是洞下小学一位代课教师，家住隆回南面，工作负责，业务能力强，教学水平高。在陈富昌的关心帮助下，在当地找到一位女知青结婚，这样男方到女家落户，但迁移手续未办好，罗老师想参加当地乡镇民办教师招聘考试。而当时镇政府要求考民办教师一定要有本乡、镇的户口。而考试时间就在第二天，办手续也来不及了，晚上11点30分，陈老师听到这个消息后马上邀罗老师赶到距学校有10多里路的镇政府，敲开镇政府主管教育领导的房门，将罗老师的结婚证给领导看，请求镇领导帮助。经陈老师的再三恳求，镇领导为陈老师替教师办实事，半夜走10多里路为教师报考的举动而感动。后来，该同志如愿以偿考取了民办教师，又考取中师，及时转正，自学后获本科文凭，现在已成为金石桥镇中学骨干教师。老师们常说："在陈老师部下当教师值，他严中有爱，有困难他拼命也要给你想办法解决。我们工作得有劲头、有奔头。"在他的关心帮助下，该校所有的教师都通过自学达到大专以上学历。有的教师成了行政领导，有的进入高一级学校，有的成了省、市优秀教师。当老师有困难时他总是带头帮忙排忧解难。阳达清老师、贺楚华老师家里遭火灾，他带头捐款，发动全镇师生捐款，帮助他们渡过难关。贺显湘、张生桂等老师患重病在省城医院住院，他都捐款并亲自去医院看望慰问。山区教师有的材料整理不规范，有的论文不合格，他就利用节假日给山区教师指导材料如何整理，论文如何撰写；10多年来他为30多位贫困山区教师辅导这方面的业务，使这些在第一线只知道扎扎实实埋头苦干、不会整理材料、不会撰写论文的老师也学到这方面的知识。

　　"老骥伏枥，志在千里"，路漫漫其修远兮，吾将上下而求索。面对成绩和荣誉，陈富昌没有陶醉，没有激动，没停步千里。在教育园地里，为了撒播科技的星火，陈富昌已经耕耘了41个春秋，但他没有停止。在采访结束时，陈富昌说："荣誉的取得，离不开学校这块沃土，离不开党组织的辛勤栽培，离不开同事的鼎力相助。我只想在有生之年，为祖国的花朵、为教育事业再涂一笔重彩，还要再添一抹春色。"

（原载2005年9月8日《湖南科技报》）

为了三十九张高考准考证

眼前的赵飞燕，静静的笑容里透着女教师特有的慈爱。

难以想象，为了39张高考准考证与歹徒浴血搏斗的她竟是这样一位柔弱的女性。但她的额间、脸颊、肩部、手臂上的伤口，又真实地见证了她的勇敢。

6月7日是高考的第一天。按照邵阳市二中历年形成的规矩，高考准考证由班主任统管，早晨7点30分，高三224班班主任赵飞燕老师夹着装有准考证和10元零钱的手提包，搭乘一辆出租摩托赶往市四中考点。摩托车将至四中时，突然从后面窜出一辆无牌摩托车。后座的男青年伸手夺包，出于本能，赵飞燕用双手护住不放，歹徒见此，愈加认定包内大有油水，更是使劲抢夺。赵飞燕被歹徒从摩托车上拉下，重重栽倒在地，额头和右脸颊被挫伤，顿时鲜血直往外渗。此时的赵飞燕已顾不得疼痛，心里只有一个念头——一定要保住准考证！她死死地拽住包，即使摩托车把她拖出了三四米也始终未松手。这时，"咔嚓"一声，手提包的金属环断了，赵飞燕又一次重重地摔倒在地，但装有39张准考证的手提包仍牢牢地控制在她手中……

回忆当时情形，目睹了现场的家长仍心有余悸。但赵飞燕却淡淡一笑，说，这没什么，相信每一个老师都会这么做——教师的责任心决定了这一切。

1991年，23岁的赵飞燕离开苦读四年的湖南师范大学校园，怀揣着对未来的热情向往和美好憧憬，来到闻名遐迩的邵阳市二中，成了一名光荣的人民教师。

但事情却不如赵飞燕所期望的那样美好。学校的物理老师名额已满，她被安排到物理实验室。大学本科毕业却待在毫不起眼的实验室，同学朋友有些不平，赵飞燕心里也觉得委屈。然而看了"前辈们"的成绩单和各类奖项，听了"前辈们"的课后，赵飞燕沉默了，她看到了距离。但性格中不屈不挠的因子如同石缝里的小草，倔强地生长，用不了多久，自己也要像他们一样，灵活自如地站在这三尺讲台上。

接下来，师生们看到的是一个忙碌而有条不紊的赵飞燕。每次实验课，她把一切准备妥当之后，总是跟随物理老师忙上忙下，指导学生做实验；没有实验课的时候，赵飞燕就来到物理课堂，跟学生一起听课做笔记。晚上，当人们悠闲地看电视时，赵飞燕正在灯下消化白天在课堂上摄取的养分……

日子就这样在简单而充实的忙碌中流逝着。两年后的一天，校长告诉赵飞燕，经过慎重考虑和严格测试，学校决定从下学期起让赵飞燕正式走上讲台。

夹着教案走进高一159班教室的那一刻，赵飞燕显然有些激动。讲台下五十多双热切而充满期待的眼睛，提醒着自己要给学生最充足的养分，必须更加迅速地提高自己，物理学上讲，物体只有拥有强大的加速度才能最快地提速，而勤奋和坚忍不拔的毅力就是赵飞燕加速的燃料。

3个班的备课、上课、改作业，加上奥赛辅导，已经把时间排得紧巴巴，赵飞燕却还得抓住难得的空隙去听课。黎松涛老师是学校物理教研组长，他的课是出了名的好。赵飞燕于是成了黎老师一名身份特殊却非常执着的"学生"。几年下来，她听完了高一到高三全部的物理课程。仅任教高三的第一学期中，就听课80多节。多听、多学、多思考，赵飞燕的课堂日渐精彩起来，所教班级的物理成绩在全年级名列前茅。在她的悉心辅导下，先后有两名学生获得了全省物理奥林匹克竞赛三等奖。赵飞燕也先后获得了湖南省中学生奥林匹克竞赛委员会颁发的"园丁证书"和邵阳市中学物理专业委员会颁发的"优秀辅导员"证书。

2000年，赵飞燕迎来了新一届学生。这一次，她不仅是任课老师，还担当了224班的班主任。第一次当班主任，赵飞燕又回到了7年前初登讲台的心情。新的工作内容，新的挑战，还有家长对自己这个新手的不放心，都激发着赵飞燕不服输的性格。开学的第二周要开第一次家长会，赵飞燕早早地就开始准备。了解每位学生的情况，准备详细的发言稿。向曾楚平、彭颖红等经验丰富的班主任老师请教……在赵飞燕的精心准备下，家长会开得很顺利。但在客气的谈话中，赵飞燕仍然感觉到了家长口气和目光里的不信任。一切皆在意料之中，赵飞燕从来就没奢望一次努力就能换来家长的心悦诚服。正如新手学艺必须加倍付出，赵飞燕知道要赢取家长的信任、领导的放心、学生的爱戴，她需要的是坚持不懈地努力，需要的是对学生无微不至的关怀，需要的是春风化雨的精神……

当了班主任的赵飞燕在家的时间更少了。高一高二的时候，由于住在校外，为了赶早自习，每天清晨7点赵飞燕就得出门，等到回家已是暮色四合。进入高三，住到学校，虽然不用那么赶早了，但在家的时间却更少了。每天7点30分去教室，晚上10点多，甚至11点钟，直到最后一个学生离开教室才回家。除去中餐和午餐在家里待半个小时之外，其他的时间如果要找赵老师，不是在课堂上，就是在224班的班主任室。

高三以来，5岁的儿子一直交由保姆照看。对儿子，做母亲的很愧疚，觉得欠儿子太多，但她无可奈何，因为在她肩上担负的是63位母亲的希望。

"赵老师不仅是一个兢兢业业的老师，更像一位慈爱的母亲。"224班的副班长胡拕提到自己的班主任时，满怀深情。

班上的男生喜欢打球。每次打完都大汗淋漓。男生们便开始脱衣服，也顾不得天凉天热。这时，赵飞燕过来了：把衣服穿上，小心着凉。听话的立马就穿上了，个别调皮的口里答应着，却仍旧站在风里让凉风吹彻，或者转身又脱掉。赵飞燕又过来了，同样的叮咛，这次却要重复上几次，直到同学把衣服扣好。"那情形哪，真像是母亲教导自己的儿子，有一点啰唆，却让人感觉亲切。"

不仅是胡拕，在许多学生的记忆里赵飞燕就是这么一个严师加慈母的形象。

学生刘娟娟性格孤僻，总是一个人躲在角落里，不声不响。刘娟娟孤独的眼神给赵飞燕留下了深刻的印象。她希望刘娟娟能像其他孩子那样欢快地笑，快乐地生活。但那是个极敏感、自尊心极强的孩子，过度的关爱也许会加深心灵的自卑。怎么办呢？赵飞燕决定采用曲线救国的方法。她让班上的同学主动跟刘娟娟交往，课堂上、课间也总是有意无意地关注她、接受她。冬日的寒冰就在日复一日的暖阳中逐渐融化。一天，刘娟娟突然来到赵飞燕的办公室，对她倾吐了自己的心事。原来成绩不好的她，进入高中后学习愈加吃力，这次段考物理仅得了30多分。她非常自卑，从此远离了同学，远离了快乐。知道了病症，赵飞燕自然就有了治疗的药方。她主动提出每个星期利用一节自习课给刘娟娟无偿补课。一个学期下来，刘娟娟的成绩有了明显提高，人也变得开朗起来。毕业会考时，刘娟娟的物理居然考出了93分的好成绩。

正如勤劳的农人总能在秋后丰收，赵飞燕一路也不断地收获着用爱心和勤奋栽种的果实：家长们眼中的怀疑不见了，信任的笑容荡漾在脸上；学生把她视为最可亲近的人，心里的烦恼、想法都喜欢说给她听；学校一次次地把"优秀班级"的荣誉奖给224班，224班成为年级12个班级连续5个学期都获得此殊荣的两个班级之一……这次负伤住院，不仅是学生，许多家长，包括毕业已久的学生的家长也特地赶到医院探望赵飞燕，他们用那束束鲜红的康乃馨表达对赵飞燕的敬佩之情……

鲜花在床头在窗台静静盛开，一如此刻赵飞燕平和质朴的心。

坐在病床上，赵飞燕反复强调她的平凡，学校里比她优秀的老师有很多，她仅仅是在向他们学习。她还说到今年评职称的时候，她跟领导主动提出在评分相同的情况下，她愿意把指标让给另一位老师。并不是自己有多么高风亮节，而是她追求良好的同事关系，最重要的是那位老师的确比自己优秀。她甚至指出一些报道说她被摩托车拉出五六米是不准确的，应该只有三四米。我却总疑心这并不完全是她所说的学物理的缘故。或许，这里面还蕴含着某些性格的元素。

"我只是一名普通老师，和所有老师一样，只是做了自己应当做的事情。就像平常的一段歌词，千万不要把它唱成诗篇。"在我们跟她告别时，这位被各大媒体高度赞颂的老师再一次认真地叮嘱着我。

（原载2003年《湖南教育》第14期）

班主任的楷模

学生们这样称赞他："长大后我就成了您，才知道那间教室，放飞的是希望，守巢的总是您。"学生和家长说他是班主任的楷模。他就是全国模范教师、全国师德标兵、全国优秀班主任刘任山。

让每个学生都成功，这是刘任山当班主任的座右铭。让学生们成功，光从学业上要求还不够，高中阶段是青年学生树立人生观、价值观的重要时期，也是激情澎湃、血气方刚的时期。要让每一个青年学子都获得成功，教育工作者就必须牢牢抓住高中阶段这一教育时机，在培育孩子们的理想信念、民族精神、社会责任感等方面下大力气。

刘任山坚持写"班主任寄语"。每个星期一，他总要在黑板一角写下诸如"诚实明理，成长报国"，"要做学问，先学做人"之类的激励性话语。为此，他读了许多青年修养方面的书。每周的班会课，他都会给学生讲讲国际、国内发生的大事，帮助他们树立正确的爱国情怀和民族自豪感。

坚持正面疏导，在大是大非上他绝不含糊，在学习和生活中的一些细节上，他也不放弃。班主任工作最重要的是沟通，与学生沟通，与家长沟通，与社会沟通，通过沟通，让学生发自内心地接受批评、改正缺点。刘任山最大的特点就是善于沟通，善于把学生当作朋友来谈心。他说，沟通是一门独特的艺术，要不急不躁，掌握火候，讲究策略。

有位女学生，是个独生女，由于父母对她太溺爱，读小学还要父母背着上学，上初中连起床穿衣服都得父母帮忙。进入高中了，这位同学依然要求父母对她百依百顺，稍有不从，就大发脾气。父母百般无奈，找到班主任刘任山老师。刘任山仔细询问有关情况，家长只是无奈地叹息。刘任山决心做耐心细致的沟通工作，通过与学生、家长的交谈，彻底改变这位学生的缺点。

按照刘任山的建议，父母送这位女生来校寄宿，让她在与同学的相处中慢慢学会自理，慢慢融入集体。可这位孩子已经习惯独处的家庭生活，习惯了有父母服侍的"好日子"，在寝室她独来独往，与同学格格不入。脏衣服袜子丢在桶子里从来不洗，常常发出恶臭；早晨起床她总比别人慢几拍，迟到是每天必定的……刘任山看在眼里，记在心里。他想通过耐心的说服，让这位同学一天天改变自己。

于是，每天早晨的女生寝室外，刘任山早早地站在那等着这位女同学；每天放学，刘任山都要找这位同学谈心，讲怎样做人、怎样做子女、怎样做学生、怎样做学问……刘任山语重心长，他的话渐渐触动了这位同学的灵魂，终于，这位女生下决心改变自己。一年以后，她的父母笑了，逢人就说女儿孝顺了，自立了，爱学习了。当然，他们知道，这一切都是刘老师付出艰辛的教育才得来的。

　　爱和责任是班主任工作的魂，靠爱和责任，刘任山托起了一个又一个孩子的读书梦，也正是凭着爱和责任，在班主任工作的求索之路上，收获了一个又一个难得的喜悦。

　　1996年初，汨罗素质教育经验在全国产生了重大反响。受素质教育理念的影响，他开始在班主任工作中做一些新的尝试，主要是调整对班主任工作的角色定位。从那一年起，他在班上尝试开展"我当小老师"活动，利用读报课每天轮流让学生上台当10分钟的小老师，提高学生表达能力；请音乐教师来班上搞讲座，让学生学唱健康向上的歌曲；通过全面摸底，将写字基本功较差的20多个学生集中起来，进行书法临摹，并定期检查；针对农村孩子英语基础较差的情况，组织学生参加英语课外阅读，并不定期租放一些英语原声电影，后来还开辟了英语角，等等。

　　2001年9月，他被派往华东师范大学参加骨干教师国家级培训，脱产学习一年。在这里，他认识了很多全国知名的学者，专家教授的精彩讲课，让他耳目一新，豁然开朗。尤其是专家们提出的"学会做教育研究，立志当专家型教师"的口号，让他精神为之一振。他开始反思自己以前的教育教学实践。比如班主任工作，他认为自己以前基本上是凭经验在做，遇到什么事情就采取什么应对措施，工作没有规划和思路，经验没有上升到理论层面。于是，他心里渐渐形成了一个信念——把班主任工作当作学问来做！

　　要做学问，就得有理论指导。学习结业前夕，他跑到上海的大书店，买了一大堆关于做好班主任的书。在他的书架上，大概有近百册关于班主任工作的书吧，书里大都做了密密麻麻的圈点和标记。比如，《别让压力挤走快乐》主要是给过度紧张的学生调节心理用的；《我能，我一定能进步》主要针对高二有些学生开始打退堂鼓而买的；《杰出青少年的七个习惯》和《人生的第九种修炼》主要是培养孩子们的良好习惯的；还有《实践中的做人教育》《如何让你的短处变长处》……

有人曾经劝他别当班主任了，因为实在太苦太枯燥，而他不这样认为。每当看到自己生日时，班上学生为他亲手折叠的千纸鹤，为他在生日留言本上满满地写下一段段质朴的话语，他就感到无比幸福。

刘任山上课充满激情，动情处手舞足蹈，名言妙句脱口而出。当同学们解题遇到困难时，他会说："山重水复疑无路，柳暗花明又一村。"当同学们千辛万苦终于找到解题思路时，他又"幽"同学一"默"："踏破铁鞋无觅处，得来全不费功夫。"当同学们最终求证到一道难题的答案时，他便故意高声吟诵："众里寻他千百度，蓦然回首，那人却在灯火阑珊处。"

在刘任山的眼中，数学就是生活。他善于把数学与平时的生活实际联系在一起，变着法子让抽象的概念变得生动具体。在学立体几何时，刘任山要同学们思考易拉罐为什么是圆柱体而不是其他形状。看到有关测量珠穆朗玛峰高度的报道，刘任山就让学生们思考为什么要那么测量，数学依据在哪里。

"教学，关键是要让学生想学、会学"，这也是刘任山常说的一句话。有一次，刘任山从刊物上发现了一篇数学交流方面的文章，他那潜伏着的灵感一下被激发了——交流与合作不正是学生自主学习的重要途径吗?很快他搜集了50多份相关资料，反复研习。不久，他的一篇5000多字的论文《农村中学生数学交流调查分析与培养数学交流能力初探》问世了。紧接着，"自主·合作·探究"模式实验课题也立项了。作为一名数学教师，刘任山无疑是出色的，成绩也是显著的。然而，有相当一部分教师只愿上讲台教书，不愿担任班主任工作，因为班主任工作十分琐碎，千头万绪，而刘任山却不赞同这种看法。"其实，班主任工作和教学工作是一个整体，犹如大海中的双桅船，班主任角色扮演得好，作用发挥得好，必然会促进自己的课堂教学。"刘任山如是说。

刘任山说："在提高学生的学业成绩上，科任教师大有作为，班主任老师也同样有自己的优势。班主任与学生平时接触多、了解深，因而更容易拉近与学生的距离。更为重要的是，在直抵学生灵魂深处、激发学生内在动机、有效实施因材施教等方面，班主任具有得天独厚的优势。班主任老师的个性魅力将会在孩子的生命历程中留下永远的记忆。"

刘任山说："班主任当得好，自然可以促进教学工作；反过来，教学工作上的一些理解和感悟，对搞好班主任工作也很有启发。不说别的，数学教学中缜密的逻辑思维特质，如能恰当地运用到班主任工作中来，也一定能收到意想不到的效果。"

他讲述了这样一个故事。有一位学生来自农村，其家族有遗传性视障史，他本人的视力也在0.1以下，上课主要靠耳朵听，看书像用鼻子嗅，做作业像在雕刻。同样来自农村、历经贫寒的刘任山想当然地认为，这样的学生一定会勤奋、守纪、朴素、好学，能吃苦耐劳。然而事实并非如此。这名同学每天醉心于武侠、言情小说，有时深夜还去游戏厅玩游戏。看来这面"好鼓"也需要重锤！很少"骂人"的刘任山决定要"骂人"了。在开"骂"之前，他像论证一道数学难题一样，做了精心准备，什么时候"骂"，在哪里"骂"，如何"骂"，他心里已经摆好了一盘棋。当然，最后"骂"的结果是达到了预定的目标：既让其警醒，又不伤其自尊。这名学生后来考上湖南师大，当上了一名中学教师。

他的学生常说："刘老师当班主任真有一套，他批评你时，像在做论证题一样，让你无处可躲，让你理屈词穷，让你心悦诚服。刘老师上数学课时风格也像做班主任一样，不放过任何一个学生的任何一个问题。"

做教学工作不容易，做班主任工作同样不容易，刘任山却做得这么有滋有味，风生水起。刘任山深知作为一名教师，无论是在事业的追求上，还是在为人处世上，都应该成为学生的榜样，他是这样想的，也是这样做的。

（原载2005年7月14日《邵阳日报》）

阳芳岭上的红烛

海拔1700多米的一所山村小学，他在那里工作了27个春秋，直到1999年学校撤并时，他才离开那所工作多年的学校，离开时，全村的老幼挥泪送行。他曾获得邵阳市农村教师突出贡献奖，他就是新宁县一渡水镇中心小学教师李朝杰。

1972年高中毕业的李朝杰走上了教坛，走进这所海拔1700多米的阳芳岭安阳小学，当上了一名代课教师。安阳小学是新宁的一所边远山区小学，与东安县、邵阳县等地相邻。整个安阳村布满崇山峻岭，山岭之中少长木竹，多生荆棘，是有名的高寒山区，在那里春短冬长，不通公路，没有电，听不到信息，看不到报纸，逢年过节要到一渡水镇上购物，一个来回翻山越岭走十几个小时。由于地处偏僻，文化落后，当地很难找到代课老师。

在安阳小学，他既是校长、教师，又是炊事员，学校人数最多不超过20人，少则只有8人。他常年采取办复式班的形式组织教学，最少的是3个年级复式，有时甚至是4个年级的双复式班，其工作难度可想而知。每天上完6节课后，就要忙着备课和批改学生的作业，根本没有时间照顾家庭和休息。李朝杰的爱人体弱多病，他就成了家中生计的顶梁柱。农忙季节，他为了不耽误学生的功课，只好出资请人做农活。1979年6月，大儿子得了病，他为了不耽误学生上课，只得让妻子送儿子去东安县人民医院治病，因耽误了治疗，儿子得了小儿麻痹症，后来成了残疾人。直到现在，家人和朋友还为此事责备他。

1996年10月，李朝杰的妻子因劳累成疾，患了心脏病和脑梗死，医生说应马上送省人民医院治疗，亲友要他陪爱人去省城治病。他说，我去了无人代课，孩子怎么办，等放了寒假再说吧。这样一直到1997年2月初放了寒假才送自己的妻子去省人民医院治疗，医生做了检查后对他说："你们来晚了两个月……"1997年4月李朝杰的妻子不幸离开了人世。一些知情的人说："李老师家事忙，校事更忙，为了孩子们舍弃了自己的儿子和妻子，这样的老师真少有啊！"

安阳学校建在阳芳岭高山之巅，离校最近的学生也有2公里路，最远的有10多公里路，且路途中多是悬崖峭壁，山路狭窄，两边杂草丛生。学生上学放学路上，一年四季山林中常常有野猪结队出没伤人，学生读书往返很不安全。为此，李朝杰一方面带领家长们修路，另一方面自己主动承担起护送学生回家的重担。在恶劣天气里，他就动员自己的妻子和女儿帮助分头护送学生。这感人的举动，打动家长的心。于是他们早晨把自己的孩子送到学校读书，下午自己去接孩子回家。这样就解决了学生上学放学不安全的问题。

每学期开学，便有些学生因交不起学费而辍学。李老师一方面组织学生开展力所能及的勤工俭学活动，如采茶叶、拾竹尾等，积累资金帮助特困儿童，另一方面他又为特困儿童垫交或代交学费。据统计，李老师在安阳学校工作期间，带领学生勤工俭学创收1450元，为学生垫交学费1600元，代交学费600元，代付学生医药费148元。有8名学生因受到李老师的资助才未辍学，1976年至1999年安阳学校的入学率一直在100%。该村再也没有产生新文盲，当地群众说："李老师爱生如子，胜如亲生父母。"李朝杰说："只要我在阳芳岭，就绝不让一个适龄儿童在校门外。"

1999年，李老师已年过五旬，但为了给自己"充电"，仍积极参加县教师进修学校举办的中师班学习。走进李老师的家，看不到别人家摆的彩电，看不到冰箱、电扇，首先跃入眼帘的是床头柜上200多册的教学参考书。

李老师教学工作扎扎实实，一丝不苟。他长期坚持在校餐宿，规范管理好学生。为了山区教育事业，李朝杰长期以鸟为伴，同雾共眠，受恶劣环境的影响，现已身患严重风湿病、坐骨神经痛、骨质增生等多种疾病，体重从70公斤下降到不足50公斤。但他顽强地与病魔作斗争，边服药边工作，有时晕倒在讲台上，领导叫他请病假，他说，学生离不开我，我不能因病失教啊！有时在讲台上实在支持不住了，他坐一会儿又继续上课。

李老师几十年如一日，辛苦耕耘，汗水滴处酿成收获。1978年至2003年26年里，在全乡(镇)教学质量统考(检测)中，他所任教学科共获得26个第一名。耕耘自有收获，付出总有回报，李老师从事教育工作31年，在山区呕心沥血苦干了27年，他为人民的教育事业白了头发，身染顽症，可给他的回报不是金钱和荣誉，而是家长、学生的发自肺腑的赞颂。在他50岁生日时，一位曾受到他捐资助学恩泽的，现在外地工作的大学毕业生为他写来了信，信中说：
"李老师，我诚祝您生日快乐，我有今天，离不开您的启蒙教育，
到了今天，我才真正悟到'春蚕到死丝方尽，蜡炬成灰泪始干'的
真正含义……"当地群众一谈到李老师，都称颂他是阳芳岭上
的辛勤园丁。

　　采访快结束时，当我问起李朝杰老师在那样的偏僻穷山村默
默奉献了这么多年后不后悔时，李朝杰说："安阳是穷，也正因为
穷，才更需要教育，需要我们为改变贫穷而努力。个人只有把自己
的人生价值定位在祖国和人民的需要上，才能有所作为。在安阳工
作的27年中，我给人民的甚少，人民却给了我很多很多。作为教
师，我全身心地爱我的学生，爱着三尺讲台。作为大山的儿子，我
深情地热爱着养我育我的这块土地，如果安阳小学不撤并，我就会
在阳芳岭待下去。"这就是一位在海拔1700多米的高寒山区的山村
小学里，独自支撑着一间学校27年的山村教师的心声。

（原载2005年10月27日《科教新报》）

站在讲台上，我觉得自己永远年轻

人们常把教师比作"园丁"，而她更愿意把教师比作泥土。因为泥土不仅把全部的爱给了花，也同样给了草。年复一年，工作已成了她的生命，在她30多年的教学工作中，她痴痴地迷恋着教育和教学工作，用心呵护着每一个学生，有着使不完的劲。她就是邵阳市十佳师德标兵，洞口县竹市镇秀丰完小教师杨联珠。

杨联珠对学生始终怀有一种特殊的感情。她每学期开学后的第一件事就是对班上的学生进行排查摸底，看哪些学生家庭贫困，哪些学生需要资助，哪些学生是单亲家庭，哪些学生是孤儿。她都在笔记本上一一记着。执教以来，她几乎每学期都要从微薄的工资中挤出一些钱来帮助贫困学生，在她的班上没有哪个学生因贫困而辍学。2001年下学期她接手的五年级里，有个叫王锦奇的学生从小失去父母，家里一贫如洗，他一直跟着爷爷奶奶生活。后来，他爷爷也不幸去世。开学后，杨联珠为其垫交学费200多元。有一回，王锦奇同学感冒发烧，咳嗽不停，家里又没有钱给他治病。杨联珠知道后，马上带他到卫生院治疗，给他交了近百元的医疗费。仅这一学期，就花掉了杨联珠近400元钱。以后每一学期，她都为王锦奇同学垫交学费，一直资助到他小学毕业。

另外有一个叫曾良娟的学生由于父母离异，妈不要、爸不管。开学时，曾良娟患阑尾炎住进了县人民医院，并需要动手术。特殊的家庭，哪有钱动手术呢？杨老师知道后，在班上举行了一次捐款活动，自己带头捐款200元，学生们也纷纷解囊相助，你5元、我10元……全班同学为曾良娟捐款800多元，手术得以及时进行。由于曾良娟的外公家也并不富裕，伤口未愈合她就出院了。杨联珠为了不让曾良娟学习掉队，毫不犹豫地把曾良娟接到学校与自己同吃同住，给予慈母般的关怀，学习给她"开小灶"，生活上也给她开小灶。每隔一天就给她买好吃的，为她虚弱的身子增加营养。在杨老师的精心护理下，不到一个月，曾良娟的身体就恢复了。如今，曾良娟已是一个品学兼优的学生。她在日记中写道："杨老师是我的再生母亲，我要用我的实际行动来感谢杨老师对我的精心呵护。"

在采访时，我们了解到其实杨联珠家中也并不富裕，丈夫下岗，儿子正在上大学，双方父母都年迈多病。资助学生的钱都是从牙缝里挤出来的。

杨联珠自执教以来一直担任班主任。她在笔记本上写道："不让一个学生掉队，不让一个学生辍学。"她是这样写的，也是这样做的。2002年她的班从外地转来了一个叫刘玉龙的学生，其父母南下打工去了，寄养在外婆家。外婆年事已高，对他管教力不从心，导致他成了课外"游子"，是班上有名的"吵王"，同时也正面临着辍学的危机。杨老师发现这一情况后，花了不少精力，尽量在他身上寻找闪光点给予表扬，并经常与其促膝谈心。在生活上杨老师给予他细心呵护。有一次放学后，他为了抄近路，从几米高的田坎上跳下去，结果下颌撞在石头上，血流如注。杨老师知道后，二话不说，把他背上卫生院，并为他垫付了医药费100多元。杨老师的真诚终于打动了他。他在学校听话了，学习成绩也上来了。

一个叫肖丽娟的学生，由于父母闹离婚，她被迫辍学，跟远在月溪的外公外婆一起生活去了。杨老师了解这一情况以后，心急如焚，第二天一大早便换乘4趟车赶到月溪，可到了月溪后还得步行10余里山路才能到她外公外婆家。强烈的事业心、爱心驱使着她——一个体弱的女教师行走在古木参天的深山老林里。羊肠小道四周悬崖峭壁，一声鸟叫便会让人毛骨悚然，恐惧是可想而知的。可此时的杨老师根本不去想这些，她满脑子想的是怎样做好肖丽娟同学的劝学工作。到了肖丽娟同学的外婆家后，她苦口婆心地跟他们讲道理，并当面承诺资助她的学费和照顾她的生活。杨老师的精神与爱心深深地打动了他们。上学时，肖丽娟同学如期而来。当有人问她如此地劝学苦不苦、累不累时，她笑着说："只要班上一个学生不少，就是再苦再累也值得。"

杨联珠常说，要给学生一杯水，自己就要拥有一桶水，她始终坚持自学，不断给自己充电，提高自身的素质。杨联珠利用业余时间几乎把一至六年级所有科目的教材、教参都读了个遍。《小学语文教学》《湖南教育》等许多教学杂志也是她案头的必备之物。她还剪辑了与小学语文教学密切相关的文章300多篇，并分类装订备查。她坚持天天写教学日记。如今，教学日记已有十几本，字数已有10余万。虽然教同样的课，但她每学期都要写新的教案。不照搬硬抄完成任务，而是力求更加完美，更加新颖，更加适用。杨联珠在写教案时注重因人而异、因材施教，尽可能让优等生冒尖，其他学生同步提高，她写的教案参加县、学区的评比多次获奖。

在班主任工作中，杨联珠老师围绕教学生学会做人这个中心，开辟了环境育人、榜样育人、德育育人、活动育人的4条渠道。由于教育方式的新奇，她所带的班级学生文明守纪，爱护公物，拾金不昧。一套课桌椅杨老师采取责任到人的管理办法，10多年没有人为的损坏，教室的窗玻璃等公物多年来完好无损，每学期为学校节约维修费数百元。学生许玲曾在校外捡到100元钱主动还给失主。在班主任工作中，杨老师以人为本，多鼓励，少批评，她每学期都要从工资中，拿出几百元建立班级奖励基金，以奖助学。在全班形成了一个谁也不甘落后，暗暗较劲，你追我赶的氛围。杨老师所教的2003届六一班参加片区教学比赛活动，拿下5个科目的第一，这个成绩轰动了校内外。老师们都说杨老师在教育、教学中有点石成金的魔力。

杨联珠自己也觉得奇怪，对教书这一行她有着执着的爱。凡与她共过事的人都知道她急性子、热心肠。但她不管是家事、校事、班事有多大的烦心事，只要一走进教室烦恼事就像长了翅膀，全都飞走了。她说，站在讲台上，觉得自己永远年轻，有着使不完的劲。几十年的教学生涯，她从不因私事请假，病了也坚持上班。那是2001年上学期，杨联珠因肛瘘病被迫住进了洞口县人民医院。病情发现好几个月了，杨联珠为了不耽误教学时间，老想等到放假了再住院治疗，一拖再拖，导致病情恶化。住院期间，杨联珠进行了二次手术，她本来平时贫血，身体状况极差，每次手术都昏过去了。大夫根据其病情和身体状况要求最好要住一个月院。可是她心想的不是自己的病情，担心的是自己的学生们。手术后的头几个晚上，她老是翻来覆去地睡不着，心里一直怦怦地跳着。她对丈夫说："你去恳求大夫开一些药让我拿回学校去疗养吧，这样可以照顾临近毕业会考的孩子们。"丈夫听后，泪水情不自禁地流下来了。但丈夫也理解妻子的心情，于是，他在医生面前好话说了一大箩筐，死缠硬磨，医生终于给她开了一些药，要她定时服用，并要她定时去医院打针消炎，每隔一天要到县人民医院检查一次。带着医生的嘱咐，杨联珠回校了。当晚，她就备课阅卷，第二天就坚持上课。由于伤口未好，加之手术后身体虚弱，一堂课下来，杨老师脸色苍白，十分疲倦。休息10分钟后，她又开始上课了。第二节课上不到20分钟，她就倒在讲台上，全体同学不由自主地站起来围着杨老师哭了。校长劝她继续住院治疗，为了学生她拒绝了领导的好意。杨联珠这种带病坚持上课的精神令同行们惊讶、佩服。

杨联珠爱岗敬业，无私奉献。她利用业余时间为学生辅导，从不收分文补课费。她还常常自己掏钱购学习资料、课外书，创设班级图书角，丰富学生的课余生活。2005年上学期她就为班级图书角买了30多本课外书。家访、劝学、出外听课差旅费可在校报销，可她考虑到学校经费紧张，从没向学校提过报销。

采访结束时，杨联珠说："为教育，只有工作着，才是美的；只有不断奉献着，生命才是最有价值的。只要自己站到讲台上，我觉得自己永远年轻，就有使不完的劲。"这就是一位优秀乡村教师，一位师德标兵的真实写照。

（原载2005年10月5日《科教新报》）

懂得感恩的人是幸福的

　　12年前，毕业于湖南一师、已经在长沙市岳麓区一所学校任教两年的兰朝红，主动放弃省城优越的工作与生活条件，在一片"哈宝""发宝气"的议论中，回到家乡城步，在儒林镇清溪小学当上了一名乡村教师。

　　2009年2月28日上午，兰朝红在邵阳市教师队伍师德师风建设年活动动员大会上所做的《安心农村教育，我无悔的选择》的典型发言，解答了众多人对她"为什么要从条件优越的省城调回艰苦落后的家乡"的疑问，博得人们一阵阵热烈的掌声。

　　其实，兰朝红是一个单纯而又执着的女子，对工作与生活抱着一种平和的心态。生于苗乡、长于苗乡，家乡给了她太多苦难的记忆，同时也留给她太多难以忘怀的恩泽。谈及自己从省城调回家乡的初衷，她这样说："这或许是一种家乡情结吧，我是一个承载那么多恩惠的人民教师，而懂得感恩的人是幸福的。"

苗家女孩在困境中艰难成长

1975年，兰朝红出生在城步丹口镇太平村。小学二年级那年，父亲离家出走，才7岁的小朝红不得不辍学。砍柴、放牛、做家务，有时家里连吃饭都成问题，是乡亲们今天你一把米、明天他半勺油，让她、弟弟和母亲度过了困窘的日子。

12岁那年，父亲突然回来了，小朝红又回到了学校，插班读五年级。30多元的学费家里拿不出，是全校的老师帮她凑的。小朝红深知学习机会的不易，她刻苦读书，甚至连上学放学的路上都捧着书看。中学时，家庭极度困难的小朝红与教英语的杨新宁老师一起住；与班主任、数学老师杨秋生一起吃。杨秋生老师家在另一个乡镇，平时很少回家，初三的寒暑假，他一直待在学校，专门为复习迎考的兰朝红准备一日三餐；语文老师肖辉贤，知道小朝红喜欢读书，专门到县城为她买书。在众多老师的关爱下，中考那年，她以全县第一名的成绩考取了湖南第一师范学校。

尽管师范收费低，但600多元的学费还是让兰朝红一筹莫展。那时，父亲已是第二次离家出走。于是村支书兰支国带着她，走遍了全村，之后又到邻村、到镇里……捧着乡亲们为她凑的800多元钱，兰朝红哭了。

就在兰朝红在求学的路上艰难行走的时候，病病歪歪的母亲与多年未见的父亲先后离开人世。这时，老师和同学们又向她伸出了援手，给她寄钱让她重返校园。回校后，有同学给她出主意："找希望工程想想办法吧。"于是兰朝红来到希望工程办公室。在这里，她连续两年获得了800元资助。"为我，希望工程破例了，破例资助中专生，破例资助师范生。"兰朝红说。

在省城教书的日子如此快乐

1995年夏，兰朝红以优异的成绩从湖南一师毕业，被分配到长沙市岳麓区东方红中心小学任教。

谈起自己在省城教书的青春岁月，兰朝红说，那真是一段值得留恋的时光。她一到学校就担任全校音乐课教学，还担任五年级的班主任，教一个班的数学，每天的工作除了上课，就是牵着小朋友的手，到附近的学生家家访，节假日带着学生们到公园玩。那两年，她吃住都在学校，生活无忧，她还买了辆自行车，没事时骑着车满城市逛，还时常与长沙同学聚会。她说，过得好开心好幸福，几乎忘记了自己那苦难的童年岁月。

她在长沙教书时，希望工程宣传正搞得如火如荼，第一次从报纸上看到苏明娟的那双大眼睛，兰朝红没法再轻松快乐了。"那不就是年少时的我吗？我是离开贫穷偏僻的苗乡在省城工作了，可家乡那些与自己当年一样的孩子们怎么办？无数人对自己的关爱怎么报答？"生性率直的兰朝红做出一个大胆的决定：回到生我养我的苗乡，到最偏远的乡村学校去任教。

懂得感恩的人是幸福的

所有的亲友、关心兰朝红的人们都想不通：放着好好的城市学校不待，非要去条件艰苦的偏远乡村学校，不是有毛病吧？"哈宝啊，父母都不在了，老家房子也倒了，乡村学校连工资都发不出，这是为什么啊？"兰朝红说，理由很简单，我是一个承载了那么多恩惠的人民教师，"受人滴水之恩，当以涌泉相报"。我没有钱，但是我有青春和热情，我可以回到家乡工作，把自己的青春奉献给虽然穷困却养育过我的家乡！

1997年暑期，她到长沙岳麓区办调离手续。"离开长沙，再想回来就没那么容易了，现在反悔还来得及。"办事人员好心提醒她。"我已经决定了。" 兰朝红笑着说。22岁的兰朝红做这个人生中的重大决定时，没跟任何人商量。

"你真的回来啊？"县教育局的同志也大吃一惊，然后说学校由她挑。去乡村学校，这是兰朝红唯一的要求。兰朝红选中了离县城20多公里的清溪小学。

炎热的太阳下，兰朝红骑着自行车，坑坑洼洼的乡村土路把她引向两幢破破烂烂的木房子，那就是清溪小学，而每个月才289元的工资，更是比她在长沙时少了一大截。

从长沙回来后，虽然工资少了许多，但兰朝红没有半点后悔。回到家乡一年后，她担任了语文教研组组长，两年后任教导主任，2006年春，担任了副校长。她3次被评为县优秀教师，7次获得县嘉奖，2003年被希望工程评为"湖南省十佳希望之星"。

"兰老师比妈妈更关心我们。"她的学生说。每年开学，她跋山涉水、串家走户地劝学。学生家里没钱，她就拿出微薄的工资垫交，现今她已垫交了3000多元。2008年年底，她获得"湖南省第二届喜来登优秀乡村教师奖"，在颁奖晚会上，她当场从所得的4

万元奖金中捐出2万元给希望工程，随后给清溪小学和她现在支教的金水小学各捐了一条宽带和一台打印机，并给学生们买回了100多个书包。其实她至今还有2万多元的购房贷款未还，有人说她拿着那些奖金还贷多好，而她说：人在大利面前不能忘恩，更不能忘本。

一番话争取到一所学校，这是发生在兰朝红身上的一个小故事。2006年春天，中国人民解放军为纪念红军长征胜利70周年，在革命老区援建100所八一爱民学校，城步清溪小学本来没有被列进去。兰老师鼓足勇气，对即将离去的部队领导说："我们苗乡的孩子太需要你们帮助了……"一番情真意切的言辞，感动了前来选址的部队领导，使清溪学校成为邵阳市唯一的援建对象。当年"清溪八一爱民学校"在部队投入80万元的资助下，新建了1400平方米的4层教学大楼。那年年底，部队的那位姓宋的曾来选址的领导找到兰朝红说："你还记得我吗？你知道不，当初就是你的一番话，让我们决定把学校建在这里。"2008年，兰朝红又多方筹措为学校争取了15万元，为学校建起了电脑室、多媒体教室。如今，清溪小学已成为全县拥有一流教学设施的农村中心小学。

"成与败，关键在人心，一个人如果随时有一颗为家乡着想的心，就能为改变家乡面貌做出贡献。"兰朝红如是说。

（原载2009年3月6日《邵阳日报》）

瑶山深处的眷恋

在离县城有着八十多公里的莽莽大山深处，有一位少数民族乡村女教师，她既是校长、任课老师，又是班主任，一个人支撑着一所学校，为贫困山区托起明天的希望，为山区教育唱着奉献之歌。艰辛、痛苦、收获、喜悦，她应有尽有。她就是地处大山深处的湖南省洞口县菏溪瑶族乡崇山江小学高级教师阳松桃老师。

阳松桃老师自参加工作以来，一直与丈夫过着两地分居的生活。经常有人问她："阳老师，你结婚这么多年了，孩子都十七八岁了，为什么不调到丈夫工作的城镇去呢？"听了这话，她只是笑笑，山外的浮华岂能割断她对大山的眷恋？她对大山的感情，对孩子们的感情，别人岂能理解？妇嫁随夫，她何尝不想调到丈夫的身边，结束两地分居的状况呢？可是，如果她走了，有谁能主动来这里任教，新来了的老师有谁能在这里安心教学呢？如果孩子教不好，家长不放心，自己又怎能够忍心调走？生于斯、长于斯的她对家乡的落后面貌有着刻骨铭心的体会。村里偏僻得好像是蛮荒地带，四面高山险峻，没有通公路。山路异常崎岖，没有电，主要靠松明火驱散黑暗。全村四十几户，居地分散，不足两百人，而且绝大多数是土著，对内对外交流主要使用瑶语，极少兼用汉语。作为一名受过教育的家乡儿女，她最大的愿望就是推动本地教育事业的发展，为改变家乡的面貌贡献自己的力量。她从做教师那天起就有了这样一个信念，一定要用文明的火种引燃这偏僻的小山村，要让她的同辈和下代人都能学习汉语，接受现代文明，并进一步去影响老一辈人，最终彻底改变这个小山村贫困落后的面貌。也正因此，她从来没有向组织申请调动，决心毕生成为这片芳草地的踏实守护者和耕耘者。当然，她也因而备尝了生活的艰辛。

因为本地人口少，崇山江小学历年来在校学生不足二十人，只能办一个复式班，学区习惯上把那里不称为小学，而称为"教学点"，校长、教师、班主任、炊事员的角色就由她一个人扮演。她的教学对象主要是习惯了说瑶语的瑶家小孩，在教学上她努力摸索出了一套行之有效的方法，选准最初的切入点：以瑶带汉。即面对教学内容，她总是耐心地先用瑶语教，再用汉语教，并鼓励学生回到家里说汉语给自己的爸爸妈妈听，要求家长和学生都养成用汉语交流的习惯。由于是复式班教学，课目多，任务重，稍一松懈，课程内容就讲不完。为此，她把教学的关键放在课前准备阶段，注重在认真钻研教材内容、把握重点难点的基础上精心设计教学方法，统筹安排教学内容。就这样，每学期下来，她都能较圆满地完成复式班各年级的教学任务。

前些年，她还经常碰到这样一些尴尬的事情：复式班教室里，书声琅琅，而它的隔壁，却香烟缭绕，很多虔诚的善男信女在烧香拜佛。最初出现这种场面的时候，她真有些血往上涌，学校是科学的殿堂，岂能由迷信去霸占？她本想立即去厉声制止他们，但很快她又冷静下来，她知道，这样做将会是徒劳无功的，弄不好还会激化学校和老百姓的矛盾。为此，她决心采取持久战的策略：尊重这批人，同时又去努力争取村领导的支持，绝对禁止他们在周一至周五的教学时间开展活动；对孩子及他们还年轻的父母，她尽可能地努力用科学思想去武装他们的头脑。近年来，来这儿供奉菩萨的人已经越来越少，而孩子们的读书声却更加响亮起来。

1987年以前，崇山江村没有通公路，为了让学生能在开学时顺利领到课本，她总要在开学前两天赶赴学区，连挑两趟课本，一天一趟，来回六七十里山路。个子偏矮的她，在崎岖的山路上，总被绊倒，经常这里蹭破一点皮，那里磕痛一坨肉，有时甚至都不知道是怎样把课本挑回家的。就这样二十多年来，她矢志不渝地把崇山江小学作为自己的责任地，义无反顾地浇灌着一代又一代的幼苗，日复一日地耗损着自己的青春年华。

二十七个春秋悄然而逝，学校的每一个角落都留下了她辛勤的足迹。为了改善办学条件，她常常牺牲节假日，组织带领学生进行勤工俭学，并多方奔走筹措资金。1998年，学校操场被洪水冲垮了一角，她想请村里支持补修好，又感到十分为难，因为村里经济困难，怕村干部不同意。但为了这些孩子，她还是硬着头皮找村干部商量，最后说服村里出钱补修好了操场。2002年暑假，操场再次被洪水冲垮，冲垮的面积更大。她再一次想方设法，多方筹措资金，修好操场。通过她多年辛勤的努力，这所小得不能再小的学校，如今翻新了砖楼，新建了厕所，补修了围墙，并新修了水泥操场，学校面貌有了很大改观，已成为大山深处的一道亮丽风景。

"多一份收获，就多一份付出"。为了学校的事，她常常把家里的事搁到脑后。1990年冬天的一个夜晚，她五岁的儿子突发急病（当时丈夫不在家），婆家连夜派人赶来接她回家。她心急如焚，乘着寒风赶回家去。那夜路不好走，手电筒光线又很弱，她几乎是连滚带爬地赶到家里，那时天也快亮了，孩子发着高烧，已经神志不清，她不觉一阵又一阵地心酸……将孩子送到镇医院急救过来之后，她把护理的事情交付给婆婆，自己又于当天赶回学校。因为她知道：那一边的小学校里，有着更多盼望着她回去的眼睛。

1996年4月，她丈夫急需动直肠瘘手术，为了不耽误孩子们的课，她先交代丈夫就近消毒，然后陪送丈夫赶到邵阳市中心医院，在一个洞口老乡的帮助下，只观察了一天就迅速手术。手术过后，她不能再护理丈夫，又急忙赶回学校。她至今还能浮现出当时躺在床上的丈夫有些埋怨却又无奈的眼神。

二十多年来，她处处关心学生，爱护学生。由于农村的传统习惯作怪，少数家长不愿让孩子上学。为了让这些适龄儿童及时接受教育，她常常挨家挨户做家长们的思想工作，亲自接孩子来学校，接一次两次不行，就接连多次地去感动家长，直至家长主动送孩子来校学习。有些孩子热爱劳动，但不好学，不守纪律。有一个叫阳鹏的同学就是一例，在家和学校都非常热爱劳动，但经常拖欠作业，上课迟到。她通过多次家访，与家长配合，并对阳鹏同学进行个别辅导，从而使他变成一个既爱劳动又爱学习、守纪律的好学生。一个叫阳艳丽的同学，由于母亲去世，家庭经济困难，交不起学费而中途退学。她就登门做家长的思想工作，并为该生垫交学费，使这位学生重返校园。她还常利用外出的机会，自费买些常用药为学生治病。一次一个叫阳瑛的同学，突然昏倒在地上，同学们都围着她，着急得像热锅上的蚂蚁，有的同学甚至吓得哭起来。在这种情况下，她赶紧走上前，把那同学慢慢扶起来，背到她床上。当时，家长不在，又无医生，情况危急，她也心急如焚，一方面派学生去喊家长，另一方面利用土办法进行治疗，等家长赶来时，孩子已经醒过来，在场同学、家长都禁不住欢呼雀跃，兴奋不已。

要多教学生一点知识，自己就必须学到更多东西，要向学生及家长贯彻落实上级部门的教育方针和政策，自己就必须及时了解和掌握自下而上的教育动态和教育信念。二十多年来，为学习，她常常利用节假日翻山越岭，孤身一人去山外参加各种会议，接受各种培训，不断提高自身的素质和水平，并获得中师文凭。

山村远离繁华和喧嚣，岁月平静如歌。历年来，她所教的学生在全乡小学统考中均位居前列，她自己也多次被评为"先进教育工作者""教学能手"。2003年还获得省级"农村教师突出贡献奖"，被评为湖南省"巾帼建功标兵"。"民师献爱心，桃李映山红。"阳老师像母亲，用爱心张开双臂，拥抱着大山里渴求知识的孩子，她把自己对大山的眷恋、对教育事业的奉献融成一个"爱"字，融入了大山的深处。

（原载2004年《湖南教育》24期）

他九次走进人民大会堂

　　前不久，隆回县建华中心小学教师欧阳恩成再次被评为全国关心下一代工作先进个人，这是他第112次受到县级以上的表彰，也就是这位乡村教师，9次走进人民大会堂领奖，7次受到党和国家领导人的亲切接见。

　　不久前，我带着敬意采访了欧阳恩成。眼前的欧阳恩成，左手残疾，中等个儿，古铜色的脸上不时挂着憨笑，脚上穿着一双用轮胎特制的皮草鞋。他告诉记者，14岁那年，上初中的他看到1000多人的村子有500多人是文盲，便说服父母，在自己家里办起了第一个家庭扫盲夜校，用门板当黑板，用父母卖猪和自己上山砍柴卖的钱做经费，开始了义务扫盲工作。这一扫就是28年，他自办简报，建起教育文化科技一条龙扫盲体系，扫除文盲300多人，培养了科技示范户85户。

　　为了山里的孩子，担任民办教师的他放弃读大学的机会，放弃了招干的契机。他常常用自己的工资、奖金，为学生邮购各种书籍，订阅各种杂志，或是资助贫困学生。由于他太不顾家了，学区领导不得不对他做出一条硬性规定，每月只发给他本人50％的工资，余下的直接交给他妻子。

从教以来，他每天坚持工作16个小时以上，几乎牺牲了所有的节假日，开展了100多项校班团队主题活动，走村串户家访1万人次。他辅导的学生中有389人分别获"中国好少年""中国好儿童"等称号，57名少年儿童的优秀事迹被编入《中国好少年连环画》《中华少年名人录》等书籍。

一次，欧阳恩成在长沙开会时看到一队队少年儿童出入青少年宫，也跟着进入参观了一番。走出青少年宫，他的心里浮起一个念头，那就是回去也要建一个"少儿活动中心"。在国家级贫困县的贫困村建少儿活动中心，许多人说他是在做梦。可他顶着压力将妻子卖猪得来的326.4元钱，连同家中的600多册藏书全部捐了出来，然后走上了募捐路。10多年来，他发出4000多封求援信，奔波了15万余公里的路程，走访了3000多家单位，筹集了300万元的资金。就这样，一座高6层、建筑面积达2600平方米的少儿活动中心大楼建起来了，并建成了由希望校园、少儿科技园、少儿万树花果园、少儿种植园、少儿游乐园、少儿电视台组成的全国第一个"5园1台"式体验教育活动中心，现在该中心还创建了计算机学校、家庭科普学校、农村实用科技学校和科技成果馆。

在欧阳恩成家里，我们能看到的唯一的现代化电器就是电视机，那还是县政府和县教育局领导亲自送去的。邵阳市教育局曾送给他一台冰箱，但他毫不犹豫地转赠给了少儿活动中心。

采访结束时，这位有41年教龄的山村教师说，他要做一个永不知足、永不疲倦的长跑竞赛者，把自己的一切献给贫困山区的教育事业，创造出更多的农村山区教育之最。

（原载2005年11月16日《科技导报》）

拯救"植物人" 美丽女大学生演绎爱情绝唱

这是一个阳光明媚的吉祥之日。

在湘西南一座小县城——武冈,一场热热闹闹的婚礼正在隆重举行。经过5年的风雨坎坷,廖继龙、彭美丽这对有情人终于牵手走进了神圣的婚姻殿堂。近千名参加婚礼的亲朋好友及周围的群众无不为这位美丽善良的女大学生所感动。他们的爱情故事在这个小山城传开了,宛如春暖花开,温馨着四面八方的人们……

美丽校园 浪漫爱情悄然来临

2001年,美丽如她名字的女大学生彭美丽从湖南岳阳汨罗考进了省城长沙的一所名校——长沙理工大学。大一的时候,彭美丽同宿舍的一位同学与来自湖南邵阳武冈的一个叫廖继龙的男孩是老乡,由于经常来往,彭美丽就这样认识了这个与她同专业不同班级的阳光男孩。

彭美丽从室友那里了解到,廖继龙来自一个教育世家,父亲曾经是教师,后来调进武冈市教育局工作,家教很好,且廖继龙长得高大英俊，彭美丽对他有了很好的印象，每次见到他，总是一阵怦然心动。彭美丽不仅长相甜美，天真烂漫，而且身上洋溢着自信、乐观和成熟的气息，人聪明伶俐，学业成绩在班上又是名列前茅。廖继龙也跟彭美丽一样被对方深深地吸引，如沐春风。爱情的种子，在两个年轻人身上悄悄发芽。

初恋是最美丽的。廖继龙心里装着甜美的爱情，时常便有了写诗的冲动：你走进教室/跟随你的是我的目光/你在树林中朗读/我在隔着希望把你守望/你嫣然一笑，我的心像碧波荡漾/你抿嘴思考的模样，是那样牵动我的心肠……沉稳的美丽总是装聋作傻，她记着诗人泰戈尔的一句诗："美丽的女孩总是把花朵藏在身后"。虽然近在咫尺，却难得在一起相聚。

在相思中受煎熬的两个年轻人，好不容易等到2002年"十一"黄金周。班上大多数同学回家或外出旅游了，而彭美丽与廖继龙却都留在校园，因为彼此都不愿丢下对方而去，但彼此又都不愿事先透露自己的心声。10月2日晚上，廖继龙打电话约彭美丽去操场散步，两人沿着月光下的操场默默地走了几圈后，在学校的林荫道边，廖继龙鼓起了勇气牵住她的手，说："我喜欢你。"彭美丽红着脸娇嗔地说："喜欢我为什么不早说呢？"听了彭美丽的话，廖继龙激动地抱着她，彭美丽幸福得有点昏眩，心儿像花一样开放……

从此，这对恋人开始频频地约会，在学习生活上互相关心，校园的每个角落都留下了他们爱的足迹。静静的课堂，记载着他们共同的理想；宽阔的操场，放飞着他们灿烂的希望……

2003年国庆节前夕，他们所在的学院组织一次大型的文艺会演，能歌善舞的彭美丽被抽去了，在彩排的那个晚上，突然下起大雨，廖继龙拿着伞去接她，结果等到深夜彩排还没有结束。等到彭美丽出来时，看见廖继龙站在凄风冷雨中像个落汤鸡似的在等她，她一下子就愣住了。两个人一起淋着雨，脸上流淌的不知是雨还是泪……

他俩经常在一起唱那首《约定》和《最浪漫的事》。那段时光是彭美丽和廖继龙最难忘，也最为幸福的一段时光。两个年轻人常常在一起，憧憬着幸福美好的未来……

天有不测之风云。

突遭重症，美丽挥洒爱与泪

2004年1月18日，在湖南邵阳火车站彭美丽与廖继龙这对恋人依依不舍，彼此都在心里为对方许下新年的祝福。寒假来武冈玩的彭美丽不得不与自己的恋人分开，必须回家陪父母过年。分开的日子，他们的思念像春天的小草在地里直往外钻，每天他们都要通电话，述说彼此的思念。

2004年1月26日，彭美丽打电话给廖继龙，电话是廖继龙的妈妈接的，说廖继龙在睡觉。而实际上廖继龙脑动静脉血管畸形突然破裂正在医院抢救，廖继龙这位善良的母亲邓女士因为怕彭美丽伤心影响过年而没有告诉她。彭美丽连续打了3天电话，都是廖继龙妈妈接的，都说廖继龙在睡觉，彭美丽感到了事情的不对。"是不是廖继龙出事了？"一个可怕的念头在彭美丽的脑海里闪动。在彭美丽的再三询问下，邓女士在彭美丽答应在家过完年之后，再来武冈看廖继龙的条件下，告诉了她实情。然而邓妈妈在电话里话还没说完，在电话那端的彭美丽就瘫倒在地。

那天晚上，彭美丽一夜未眠。她呆呆地坐在床头，泪水一串接一串地流个不停。夜空中没有明月，散落在黑幕中的几颗星星陪伴着彭美丽流泪到黎明。待公鸡啼晓，天空泛白时，她终于意识到沉溺在悲痛中已毫无意义，她现在唯一要做的就是早日看到自己朝思暮想的恋人，去为心爱的人做点什么。彭美丽坚持第二天就要去武冈，但她父母和邓女士都不答应，要她在家过完年再说。

终于熬到了正月初二，晚上7点彭美丽乘上从汨罗开往长沙的列车。春节本是喜气洋洋的，而此时她的心情却非常沉重，坐在空荡荡的车厢里，她几次都有一种要哭的冲动。到达长沙火车站时已是晚上9点多，在长沙火车站等了一个多小时，彭美丽乘上11点45分开往邵阳的火车，第二天凌晨5点多到达了这个年前男友还在这里依依不舍送自己的车站，那情景还历历在目。一下火车，彭美丽终于忍不住流出了眼泪，一位好心人还以为她是在车上钱被偷了。到达邵阳后，彭美丽又坐了2个多小时的汽车才到达这个地处湘西南的小县城武冈。

在武冈市第一人民医院，彭美丽看到原来帅气、幽默的恋人，此时已是瘫痪在床、失语，鼻上插着两根管子，一根是喂食管，一根是输氧管，她的泪水忍不住直往外流。见到彭美丽，廖继龙也流泪了。因为怕廖继龙再受到刺激，有生命危险，医生劝彭美丽暂时离开。泪流满面的彭美丽跑到洗手间，伴随着哗哗的水声，泪如泉涌，哭了个痛快。待心情平静后，她抹干眼泪回到了病房，心里只有一个念头，那就是一定要让男友重新站起来。

精心呵护，美丽创造人间奇迹

在武冈人民医院，彭美丽精心地呵护着廖继龙，为了解病情，彭美丽还向医生借了有关脑溢血方面的书籍，书上讲脑溢血如缺氧6分钟就有可能失去生命，让彭美丽十分担心。她在心底里呼唤："继龙啊，你要坚强，你一定要重新站起来！"

彭美丽来武冈3天后的正月初六，廖继龙转院到湘雅医院。在湘雅医院，医生给廖继龙做了一个全面的检查，做了脑造影，然后准备再做手术。医生告诉她，如果手术没成功，廖继龙可能就会永远是植物人，甚至有生命危险。医生的话，让彭美丽有如万箭穿心。

在做手术前的那段时间，为了稳定廖继龙的情绪。彭美丽在病房里为廖继龙念自己写的爱情日记，讲他们的爱情故事。廖继龙的父母，不经意间看到这个场面，都感动得流泪了。此外彭美丽还买来彩纸为廖继龙叠了一千只纸鹤，以祈祷他的手术成功。那段时间彭美丽累得实在不行了，她就在病床上打个盹，有一天早晨，因为实在太累了，以致她去买早餐时，在医院的巷口都分不清方向。

在湘雅医院做完手术后，廖继龙只会说a、o音，只能像幼儿一样哇哇乱叫。彭美丽曾经从网上看到过一篇医学方面的文章，文中称因脑疾而失去记忆的人，可以通过回忆的方式让病人逐渐恢复记忆。为了让廖继龙迅速恢复说话能力，彭美丽特意买来一个复读机，在病房里为廖继龙播放他俩最爱唱的歌曲《约定》和《最浪漫的事》。然后又特意为他买来镜子，帮助他练口型。后来为了康复，廖继龙转院到长沙马王堆疗养院。而此时，学校已经开学了，尽管廖继龙的父亲要彭美丽在学校安心学习，但彭美丽每天都是白天上完课，就往疗养院跑。从学校到马王堆疗养院，坐公交车要一个多小时，差不多是从起点站到终点站。有一次在公交车上，由于人多拥挤，廖继龙给她买的那部手机被小偷偷走了，弄得彭美丽伤心了好久。在疗养院，康复师为廖继龙做康复时，彭美丽就向康复师学习，当康复师不在时，她就自己帮助廖继龙康复。慢慢地廖继龙学会了说彭美丽三个字，继而又学会了说爸爸，脚开始会抬了，慢慢地学会了基本的动作。廖继龙的康复主治医生彭松波主任说患脑溢血后能恢复如此快，他认为是个奇迹，而这与彭美丽的鼓励和精心呵护是分不开的。

为了帮助他认字，彭美丽从湖南图书城买回小学一年级的课本，一遍一遍地教廖继龙。然而在这时，学校要求学生去湖南石门县的一个电厂实习，为了帮助廖继龙康复，实习前，彭美丽特意在长沙买了价值300多元的电话卡。实习时，每天不管再忙，彭美丽都要打电话来关心恋人，每次打电话都要廖继龙对着课本念一段课文给她听，念完后，彭美丽就不断地鼓励他，激励他，像幼儿园的老师在教学生。他们每次打电话都在半个小时以上。在实习快结束时，彭美丽没有参加欢送会，提前结束实习，回到了长沙，因为她挂念着她的恋人。回长沙后，彭美丽又经常陪廖继龙去做高压氧，以帮助他恢复脑细胞。在彭美丽的精心呵护下，廖继龙终于能站起来了。

学校担心廖继龙因病情耽误学习，怕赶不上，建议他休学，不准他跟班。学校领导建议他休学，从某种意义上讲，也是出于对他的考虑，因为学校实行学分制，如果一学期没有修满学校规定的学分，学位证书就永远没有机会拿到。但如果休学，廖继龙就要回武冈，彭美丽就不在他身边，康复起来，就可能很困难。在彭美丽的坚持下，廖继龙的父母终于说服了学校领导，廖继龙于2004年4月24日重新回到令人向往的校园。

回学校后的廖继龙还没有完全恢复，学习起来很吃力，廖继龙的母亲邓女士在学校内租房陪读。那段时间，彭美丽每天早上都是6点从宿舍起床，赶到廖继龙租房的地方，监督他锻炼身体，陪他去附近的医院做高压氧，争取早日康复。在学习上，彭美丽总是先自己学好，然后再教廖继龙，鼓励他，激励他。大三下学期，学校开设了专业英语课，学生平时成绩占30%，由于生病，廖继龙读英语时吐字很不清楚，但彭美丽经常鼓励他。有一次，学校开展对学生的评课活动，廖继龙想讲，但怕讲不清楚，于是把意思告诉了彭美丽，彭美丽把他想要讲的意思写在纸上，然后廖继龙对着念，念完后，全班同学都热情鼓掌，给他信心。

廖继龙曾经是一个聪明、开朗、幽默的小伙子，经受这样一次沉重打击后，自尊心受到严重的打击，有时躲在床上哭。而这时，彭美丽总是耐心地安慰他，为他唱《约定》和《最浪漫的事》这两首他们最爱唱的歌曲。最艰难的还是期末考试的那段时间，所有的课程要在一个星期考完，彭美丽白天要陪廖继龙做康复锻炼，已没有精力学习，晚上除了自己复习之外，还要帮助廖继龙。因为她知道，如果廖继龙考试不及格，补考起来就会更困难，也许还会因此拿不到学位证书，会伤害他的自尊心，甚至会影响到他的康复治疗。好人终有好报，在彭美丽的努力下，期末考试成绩出来后，廖继龙全部及格，当知道成绩时，彭美丽百感交集，哭了起来。

为帮助廖继龙迅速康复，大三那年，整个暑假彭美丽都在武冈陪廖继龙做康复治疗，陪他做按摩，由于经常陪廖继龙去做按摩，现在彭美丽已学会了按摩的不少技巧。暑假过后，回到校园，彭美丽又是一边上课，一边为廖继龙治病。在彭美丽的精心呵护下，一个植物人站了起来。年轻漂亮的女大学生用爱之绝唱唤醒男友，用爱演绎了人间奇迹。他们的凄美爱情故事也传遍整个校园，传遍了三湘大地……

放弃首钢　美丽在小城坚守爱情

很快就到了大四毕业，彭美丽是个很优秀的女孩，专业成绩很出色，在班上是前几名，英语过了国家六级，计算机过了国家二级，并且她学的自动化专业很吃香，沿海很多电厂都来他们学校招人。当时她想去沿海的电厂工作，但一想到廖继龙，一想到他还没有完全恢复，她又打消了这个念头。

彭美丽有个姑姑在湖南汝城工作，是一家机关的正科级干部，姑父是一个副县级领导，姑姑视彭美丽为自己亲生女儿，对她非常关爱，彭美丽放假经常去姑姑家玩。毕业时，姑姑通过广州朋友，在广州给她找了一个令人羡慕的工作，广州的一家大型运输公司。而也就在那时，北京首都钢铁公司来他们学校招人，学校推荐了她，看了她的资料后，首钢有意向与她签约。毕业之时的这段时间也是彭美丽最矛盾的时候，一边是自己寒窗苦读后梦寐以求的工作，一边是还需要自己照顾的恋人，并且她明确知道恋人因为病情，不可能到外面去工作。在彭美丽极度矛盾的时候，一天晚上，在校园里散步时，彭美丽含着热泪对廖继龙透露想去北京工作的想法。听了彭美丽的话，廖继龙好像整个世界都快要塌了。他泪流满面，紧紧地拥着彭美丽对她说："美丽，我知道你很想去，你对我付出已经太多了，你去吧，你可以不跟我结婚……"那晚他俩哭成了一团。

那次后，彭美丽坚定了信心，一定要跟廖继龙在一起，回男友的家乡武冈找工作，哪怕再苦再累。大四寒假，彭美丽陪着廖继龙回到了武冈，他们在武冈找到了工作，分别与武冈的两所学校签了约。

听说彭美丽签约去了小县城的一所私立学校，在大学毕业前夕，彭美丽一位非常要好的在沿海某电厂工作的朋友找到她，跟她长谈了一次，朋友说："美丽，在大学期间，你对廖继龙很好，已经是仁至义尽了，大家都看在眼里，你已经完全能对得起他了。此时此刻，你也应该考虑一下自己的事情了，要不然你将来会后悔的。"面对好友的劝说，彭美丽只说了声谢谢，说得她那位好友无可奈何地直摇头。最后那位朋友说："美丽，你要多保重，作为朋友我真诚地祝你幸福。"

一位非常欣赏彭美丽的老师得知她签了一所私立学校，要去教小学时，找到她，要她慎重再考虑一下。面对关心自己的老师，彭美丽含着泪说："老师，我完全知道，凭着自己的条件，可以放弃他，去找一个比较优秀的男孩，找一份自己称心的工作，但我相信，他很难再找一个像我这么关爱他的女孩，只要他过得好，我就会很快乐、很幸福。"说完这话，深爱她的那位老师也早已是泪流满面了。

　　就在彭美丽坚定信心要去武冈那座小县城坚守爱情时，不少反对的声音在四周响起，要彭美丽放弃，要彭美丽不要被爱情冲昏了头脑。面对不同的声音，面对彭美丽执着的爱，毕业前的最后一天在校园散步时，廖继龙突然泪水涟涟地对她说："美丽，我们还是分手吧，我相信你对我的爱是真心的，但你不能不听一听这么多好心人的话，你应该找一个优秀的男孩……"没等他说完，彭美丽就把头靠在廖继龙的怀里说："傻瓜，有你就是我最大的幸福。"

　　有爱就有责任。如今，彭美丽在武冈的一所民办学校教外语，由小学升到了初中，很受学生欢迎。尽管廖继龙目前还没有完全康复，但小两口在一起很幸福。采访结束时，廖继龙对我们说，他是不幸的，老天爷让他生了一场重病，差点夺去了他年轻的生命；他又是幸运的，让他遇到天底下心地最善良的女人。我们又悄悄地问彭美丽，放弃了那么多好单位，现在后不后悔，彭美丽说不后悔，她说和丈夫有《约定》，她会守着这份幸福、快乐，慢慢变老……

（原载2006年《大学时代》第10期）

拄着拐杖走出精彩人生

印满牛蹄印的泥巴路摔不倒她，起伏连绵的山峰拦不住她，一股犟劲，一种对命运的不屈与抗争，驱使她拄着拐杖，咬着牙，一步一步地从山沟沟里撑了出来，撑进了大学的校门，撑上了神圣的讲台，撑出了精彩的人生，现在她还在一步步地往前撑着，撑着……她就是湖南省新邵县第一中学身残志坚的青年女高级教师刘翠霞。

1969年，刘翠霞出生在湖南省新邵县一个偏僻落后的山村，家庭生活拮据，仅靠父亲挖几锄煤来维持生计。两岁时，不幸便降临到她的头上，一场疾病使她跛了左腿，只能弓着身子按着膝盖走路。7岁时，看到同龄的伙伴一个个背着书包上学了，小翠霞哭闹着也要去读书。父母只好顶着山里人的冷嘲热讽，把小翠霞送进了学校。小学四年级时，她的腿急剧病变，整个左下肢酸痛，继而麻木。尽管她的家人四处借钱求医，但小翠霞终究还是失去了行走的能力，只能借助拐杖走路。幼小的小翠霞承受着她这个年龄不该有的心灵创伤。在这个时候，小翠霞遇到了让她终生难忘的班主任刘老师，刘老师给她讲述了吴运铎和保尔的故事，要她做一个对社会有益的人。在老师的帮助下，小翠霞幼小的心灵里重新燃起了坚强的勇气。

这位很早就与"苦命"结缘的姑娘，在校学习十分刻苦，成绩十分突出。初中毕业时她以优异的成绩考上了乡重点中学，在偏僻的山村似乎是个奇迹。初一第二学期的一个星期天下午，下着小雨，小翠霞踩着泥泞的山路去学校。谁知在下一个陡坡时，拐杖一滑，她跌进了5米多深的山沟里，昏死过去，当她从医院的病床上醒过来时，便得到了一个可怕的消息：膝盖骨已经粉碎性骨折。在小翠霞遭受着人生再一次的沉重打击时，她的老师和同学那一束束真挚的目光使小翠霞感到了温暖、幸福。当班主任老师将一碗饺子端在她床前时，她终于忍不住放声痛哭，在她的心里，从此树立了长大以后一定要做一名优秀教师的理想。

在老师的鼓励下，在保尔、吴运铎精神的感召下，这位饱受挫折的苦妹子成绩一直在班上名列前茅，初中毕业时，她以优异的成绩考取了重点高中，成为山沟沟里唯一一个考上县重点中学的女孩子。命运似乎有意与刘翠霞过不去，尽管小翠霞的分数上了重点线，却迟迟没有接到新邵县一中的入学通知书，新邵县一中认为她的腿严重残疾，担心她生活不能自理而未录取她。渴盼已久的学校没录取她，这对刘翠霞来说，不亚于"死刑的判决"，但是饱受挫折的刘翠霞没有被生活所击垮，在姨妈的陪同下，她拄着拐杖，克服长途艰难跋涉的困难，来到县教委，向领导诉说了她求知的欲望和奋争的决心。精诚所至，金石为开，她幸运地"争"进了新邵一中。

苦心人，天不负，3年后通过努力，她考取了邵阳学院。千里之行，始于足下，刘翠霞在大学攻克的第一个难关就是完全自理生活。她洗衣、提水、买饭等事都不让人帮忙，再苦再累都是自己咬着牙干下去。譬如洗衣服时，只能蹲下一只腿，每次都得忍受腰部和大腿的酸痛。为减轻痛苦，她曾尝试着把桶子提到床前，坐在床上洗。可床太高，总会把腰和胸间肋骨弄痛。大学3年，她刻苦学习，30多本总计200万字的读书笔记已足以说明她对知识的"贪婪"，百余篇练笔文章更见出这位"未来教师"的良苦用心。她爱上了书画，在学校几次书画大赛中，居然次次优胜；她参加大学速记培训班，结业考试拿到了全校第一名；她喜欢演讲，一次又一次，她拄着拐杖登上演讲台，赢得了师生们热情鼓励的掌声；此外，她还坚持参加体育锻炼，学会了打乒乓球和羽毛球等体育活动。

1990年7月，刘翠霞以优异的成绩从邵阳学院中文系毕业，曾经哺育了她的母校，新邵一中接纳了这位学成归来的苦学生。一参加工作，刘翠霞便迫不及待地向领导提出，要走上教育教学工作第一线，用所学的知识为自己的师弟师妹们铺开一条成才之路。但学校考虑到刘翠霞的身体状况和学校工作的需要，安排她当了一名打字员。在打字的几年中，她一直没有停止过钻研高中语文教材，一直没有放弃去学校听名师授课，去找自己与这些前辈的差距。在打字的那几年，刘翠霞以优秀的成绩获得了华中师范大学汉语言文学专业本科文凭。

在她参加工作10年后，学校经过慎重考虑和严格测试，让她正式走上了讲台。不少人在怀疑，学生对教师越来越挑剔，家长及社会对教师的要求越来越高，学生炒教师的事时有发生，当教师要手之舞之，足之蹈之的，一个正常人尚难应对，刘翠霞撑着拐杖，能行吗？初上讲台的她，自己心里也没底，学生能接受吗？甚至她还想到了被学生赶下台的尴尬……刘翠霞每上一节课都小心翼翼，如履薄冰。要给学生一杯水，自己首先得有一桶水，为了给学生上好课，刘翠霞晚上备课至深夜是家常便饭。

伏久者必高飞。初上讲台的刘翠霞一拿起教鞭，便显示出惊人的教学潜能，仅仅3个学期，便把原来两个语文成绩均是全校倒数第一、第二的高一班提高到连续3年名列县第一、第二名，她的教学成绩打消了领导和同事的疑虑。

她在日记中曾这样饱含深情地写道："我选择教师这一职业，就意味着责任，意味着奉献。"刘翠霞是这样说的，也是这样做的。记得一个微寒的初冬，下早自习后，刘翠霞刚走出教室不远，由于下雨路滑，一不小心，拐杖滑出好几米远，她身体重重摔下，造成左股骨骨裂，双手多处擦伤，但刘翠霞只到学校医务室稍微包扎一下，当天下午就忍着病痛挂着双拐（刘翠霞平时撑单拐，此时增加一根拐杖），坚定地走上了讲台，有学生关心地问："刘老师，您摔那么一大跤难道就没事吗？"她笑着说："没事。"学生们深受感动。榜样的力量是无穷的。从此，她所教的班级的班风学风日趋好转，从前一向调皮捣蛋的罗真同学从此也循规蹈矩了，学习成绩稳步上升，罗真说："刘老师，是您的为人，您治教治学的严谨精神感动了我，我今后一定向您学习，一定做个好学生。"

经历过痛苦磨难的刘翠霞深知，爱可以融化坚冰，情可以驱散心灵的阴霾，所以，她把最真挚的爱都奉献给她的学生，用慈母般的爱滋润着每一位学生。2002年端午节，学校没有放假，可学生们思家心切，归心似箭。刘翠霞看到这种情形，心中充满无限感慨，是啊，每逢佳节倍思亲，学生们又何尝不是如此？于是，她赶紧为学生们包了粽子，悄悄送到两个班，每人两个，给他们一个意外，一个惊喜，让学生们在学校感受到家的温暖。接到粽子后，学生们眼中噙满泪花，激动地说：今年的这个端午节是一个特殊的日子，是一个让我们今生永世都不会忘记的节日。袁巧温同学，7岁丧父，10岁母亲改嫁再无音信，家中只有年逾七旬的老奶奶，她上高中的费用都是从信用社借来的，几次濒临失学，是刘翠霞主动带头为她捐款捐物，并为她到团县委申请希望工程助学金，为她申请困难补助，使她顺利完成了高中学业，2004年考上了大学。

一个成功的男人背后有着一个伟大的女人。而对刘翠霞来说，她成功的背后是她的丈夫。自从刘翠霞走上讲台后，她丈夫便放弃了在广州办厂发展的机会，毅然回到学校学生食堂做了一名炊事员（临时工），守卫在她的身边，默默地做她事业的坚强后盾。特别是刚上讲台时，刘翠霞要克服身体的不便，教两个班的语文，每天至少两节课，单腿站立两个小时，回到家时，她总是筋疲力尽，全身瘫软无力。每每这时，只要丈夫在家，总是给她做按摩，以缓解身体不适。

刘翠霞除了能教好书外，还研读了许多教育理论著作，用教育理论指导自己的教学实践，并不断进行教学科研。近年来，她先后有10多篇论文在国家、省级刊物发表或评比中获奖。她辅导学生的习作已有多篇在报纸杂志上发表，许多学生在全国、省、市的各类竞赛中获奖。

她两次被评为优秀教师，也被残联评为"自强模范"，去年下半年她还被评为高级教师。她的事迹引起各级领导的高度重视，中共邵阳市委书记盛茂林亲自慰问、看望了她，市、县教育局的领导多次看望过她。

刘翠霞在日记中写道："党和人民给我的荣誉太多，我为党和人民做的贡献太少；社会给我的关心太多，我对社会的回报太少。为党的教育事业鞠躬尽瘁，奉献一生，才是我毕业的追求。"这就是刘翠霞，一个青年残疾女高级教师，一个教坛"保尔"的真实写照。

（原载2005年1月19日《教师报》）

后记

　　我生性不喜交往，不好应酬，待人接物，真心真诚。在属于我个人的时间里，最大的乐趣就是读书、思考、写作。也正是基于这些原因，我养成了一种在夜深人静的时候读书、思考、写作的习惯。每每静夜凌晨，倚窗而立，望着繁华都市的霓虹灯，我会去记录整理生活中发生的点点滴滴，去记录身边让我感动的人和事，并写成文字。

　　我喜欢读书、思考，也喜欢写作，大学期间，便有"豆腐块"见诸报端，参加工作后，在比较顺利地完成本职工作之余，先后在《人民日报》《光明日报》《中国纪检监察报》《秘书工作》《中国青年报》《人民政协报》《中国教育报》《南方日报》《羊城晚报》《湖南日报》《演讲与口才》等全国60多家市级以上报刊上发表新闻、文学稿件150余万字，也出版了《烛光璀璨》《跋涉放歌》《怎样采写基层教育新闻》等几本小册子，10余次获省级以上新闻奖、征文奖，有不少文章被文摘类报刊转载或入选图书文集、考试试题。子规夜半犹啼血，不信东风唤不回。我在读读、想想、写写的耗费中，不惑之年白发日显其盛。

但写作是思维的一种归宿，写作磨砺中的那些文字，让我感到极大的安慰，感到无比的喜悦，我也十分喜欢写作这种让自己静静思考的形式。

文章千古事，得失寸心知。我的这些文稿都是在万籁俱寂的深夜完成的。我的文章有不少是写故乡题材的，这也许是因为我是一个地道的乡下人，离开家乡愈久，思念家乡的东西就愈多，家乡的点点滴滴总会给我留下清晰记忆的缘故，于是把脑海里浮现出的很多关于故乡的记忆写出来，或许这就是浓浓的乡愁。也有一些文章是讲述故事的，讲述的是发生在我学习工作生活中的故事，我用心用情用功去记录这些故事，记录的过程其实也是修炼自己、教育自己、提升自己的过程。还有一些文章是写我工作生活中那些故人们感人事迹的，他们的事迹太感人了，我把他们的事迹记录下来，也是件幸福的事情。特别是这些故旧在我的文章刊发后，他们的事迹让更多的人知道，他们的正能量得到更广泛的传播，有不少还被评为全国模范教师、全国优秀教师……有一位乡村教师被评为省级优秀教师后，特意从乡下赶来我办公室，为的就是当面向我说一声"谢谢"。看到他们因我的采访报道而快乐时，我觉得自己也很幸福，那就是快乐别人幸福自己。我的这些文稿都是在报刊发表过的，在考虑要不要结集出版时，我犹豫了很久，但在领导、朋友、亲人和出版社老师的多次鼓励和支持下，我鼓起勇气，诚惶诚恐端出这本书来。可以说没有他们对我的关心帮助指导，就没有我的成长进步，也就没有我的这些文稿，没有这本书。

我的写作没有章法，只是真情实感的记录，把心交给读者，把心奉献给读者。如果我的这些文章哪怕有一篇或者有一小段能给读者带来一点点收获，我就很满足、很欣慰了。

生而有涯，思而无尽。我是大山深处农民的儿子，从小就放牛、砍柴、割猪草，直到上高中才见过汽车、火车，高中毕业后因家贫又在沿海建筑工地和鞋厂打过两年工，靠自己挣来的学费走进大学校园，今天我更深深地懂得自己肩上的责任和使命，多年的生活磨炼，也使我慢慢学会了自己应该怎样去学习、生活和工作。我始终告诫自己，没有任何理由满足，因为写得很少，质量也不高，尽管我不认为自己是懒惰的。回顾自己走过的历程，风风雨雨、坎坎坷坷。我深深地知道自己每向前跨出一步，都得益于许许多多的领导、老师和朋友的关怀和帮助，每念及此，不禁涕零。

思维的年轮是岁月的印迹。我的这本集子能出版，我要说感谢的话太多，要感谢的人太多，千万句感谢化成一句话，那就是要感谢这个伟大的时代，感谢所有关心我、支持我、帮助过我的领导、亲人、朋友和老师，谢谢了。

2019年5月12日凌晨于广州福恩里